白水社

松尾スズキ
MATSUO Suzuki

まとまった
お金の唄

まとまったお金の唄

目次

まとまったお金の唄　5

あとがき　157

上演記録　163

登場人物

蒼木ヒトエ（母）
蒼木ヒカル（姉）
蒼木スミレ（妹）
馬場
蝶子
新宿・安西・通り魔・強姦魔
神木
カクマル父・クヒオ・おばちゃんA
カクマル
博子
ダイナマン・おばちゃんB
その他

どこか。

ポアアンと人魂が飛んでいる。

ヒトエ。

ヒトエ「(出てくる) うち、がむしゃらやったー。ほんまでっせ。がむしゃらー。せやから、あれはあ、神様が見せてくれはった、ご褒美、やったんかいなあ」

博子「(どこかに見える) ヒトエおばあちゃんは、その日、こんな夢を見たのです。ゆるゆる、話していきます。時は１９７０年、えらい昔のようなそうでないような、中途半端な、過去のお話です」

暗闇のなか、一人の中年の労務者が楽しそうにおごそかな音楽のなか、荘厳に落下していく。

別の場所にヒトエ。

ヒトエ「あんた！　なーんや！　かっこいい落下やなあ！　久しぶりにおうて、落下中で、かっこよすぎますで！　なにしてはったんです、今の今まで、ほんまかなわんわあ！」

博子「一年前に家を出て、ぷっつり行方不明だったおじいちゃんが、変な形の高い塔の上からゆっくりゆっくり、落ちていくのをおばあちゃんは、アホほど晴れた日のモノ干し場からアホほど見上げていました」

ヒトエ「ひいまあ。さすが、蒼木家の大黒柱や。一代で財産作った男の落下や！　立派やなあ。難儀したもんなあ。難儀して立派なハウス建てて、ハナレのハウスまで建ててこしらえて、二人ええ娘、のんのこのんのこ育ててなあ。ほら、あんたら、旗ふりなはれ！　日本一の落下中のお父ちゃんに日本のお旗をふりなはれ！」

　ヒカルとスミレ、出てきて旗を振る。

博子「ハイ、ぱ！　出ました。娘たちです。左の不自然なテイストのほうが長女のヒカルおばちゃん、そして、右の細っこいのが、妹のスミレ、やがてうちのお母ちゃんになる人です。おばあちゃんの夢の中では二人は天真爛漫。ケガレも知らぬ、よい子の見本。でも、この頃、すでに二人

ヒトエ「お父ちゃんの稼ぎでママ食べて育ったんや。なあ、自分のもんは背広一着ほしがらんと。冗談ばっかりゆうてな。縁側でタバコ、プカア、ふかして、それが幸せ。燃費のいい人やなあ。タバコ、プウカアアで、白いワッカができたら、ほら天使の輪やでえ。うちらに、なあ」

ヒカル「あれ、おもろなかったなあ」

ヒトエ「おもろい人ほど堕落も早い。なんじ、おもろうなかれや。堕落しーひん男は、皆、男前ー。男前な落下でっせ! しいけどな、なんで借金のこと、だまってたんです? なんであん た、一人で労苦を背負い込んではったんです?」

　　　中年男、十字架のように手を拡げる。

ヒトエ「イ、イ? イエス様!」

　　　男、そのまま、昇天していく。
　　　ヒカルとスミレ、去る。

博子「おばあちゃんは、その日、こんな夢も見ました」

普通の男が歩いてくる。

ヒトエ「(後ろから拳銃を突きつける) おい、われ、こら、金出さんかい」

音楽。

男、背を向けたまま手を上げようとして、手を拡げる。

ヒトエ「イエス様！……知らんとほんま、すんませんでした！」

旗を振るヒカルとスミレ。

博子「こんな夢も見ました」

仏像が現われる。

ヒトエ「(仏像に向かって) なんまんだぶ、なんまんだぶ」

仏像、合わせた手を、なんとなあく拡げようとする。

ヒトエ「イ、イイ、イエ？　イエ？」

が、突然、バタリと倒れる仏像。そこへジュディ・オングが出てきたり、『タイタニック』を再現する人が出てきたり、酔っぱらいが立ちションをしようとしたりするので、音楽。

ヒトエ「ちょ、みんな整理して！　やりたいこと整理して出てきて！」

ヒカルとスミレ。

博子「いろいろ夢も見ますけど、おばあちゃんは、愚直に生きた人でした。働くアホでした」

ヒトエ「（馬鹿笑いしながら変なものを運んでいる）」

通りかかる蝶子（東京弁だ）。

蝶子「あら、ヒトエさん。ああた、また働いてんざんすか?」
ヒトエ「へえ。変なもん運んでまるねん」
蝶子「まるねんですか」
ヒトエ「なんかな、変なもんな、かわいいもんやさかいな、えへへ、A地点からB地点にな、変なもん、運んでまるねん」
蝶子「ご陽気なことで」
ヒトエ「……ご陽気ちゃうわ、仕事や」
博子「どこで身につけたのか、英語だけはよう喋りはる人でした」
ヒトエ「(英語で)昨日ドライブ中にUFOを見たんだ。ほんとだって。気がついたら、手術台のようなものの上に乗せられていたんだ」
蝶子「ご陽気な」
博子「夢の中なら、ドイツ語もいけました」
ヒトエ「(ヒットラーの物まね)」
蝶子「ご陽気なことで」
ヒトエ「ハイル・ヒットラー!」
蝶子「(去る)はいはい、ハイル・ヒットラー」
博子「夜早う寝て、朝早う目を覚ませば、ただ、愚直に、神様を信じて祈って、1年12か月を毎度毎度、日々の生活で丁寧に塗りつぶす。それが、おばあちゃんの普通の日々でした。

１９７０年３月１３日、世界に名だたるオオチャカ万博が開催される前の日、ゆうたら、うちのおじいちゃんの死体検案書が蒼木家に届いたその日まで」

号泣するヒトエ。
三波春夫の、あの万博のテーマが高らかに鳴りわたる。

♪こんにちは　こんにちは

崩れ落ちたヒトエの周りを、旗を振りながら行進する人々。

博子「人類の進歩と調和！　それがオオチャカ万博のいっとう大事なテーマやったわけですが、そんな夢見がちなことをゆうてるくらいですから、人類はいっこも進歩も調和もしてはりませんでした。素人考えでゆうのを堪忍してもろたら、マルクスやらレーニンやらゆうおっさんらのゆうてることの正しさとは関係なしに、世界は右と左に真っ二つ。その年、赤軍派によど号が乗っ取られ北朝鮮に亡命、革マル中革、デモ行進は花盛り、あっちこっちの大学が封鎖され、三島由紀夫先生が自衛隊で割腹自殺されはりました。割腹て！　ちなみにこの年の流行語は『わるのり』やそうです。ほんまの話です。オオチャカ万博の入場者数は述べ６０００万人。日本の人口の半分が、進歩と調和を切実に願ってはったんでしょうか。うちには知る由もございません。これは、そのオオチャカ万博に行きたくて行けなかったヒカルおばちゃんと、行きたないのに行ったことになってしまったうちのお母ちゃんと、まとまったお金のしがらみに人

生をからめとられて、オオチャカ万博どころの話ではなくなってしまったおばあちゃんをめぐる、なかなかありえへんようで、そこそこありふれた物語です。みなさん、来てくれはっておおきに。うちは、博子……要所要所で、また出てきます」

教会の鐘が鳴る。
蒼木家である。
喪服を着た17歳のヒカルが、サンタクロースの衣装を持ってものすごくびっくりしている。

ヒカル「か、がへ、がへっ……!」

喪服の蝶子（常に胸に筒状のペンダントをしているし、何かといえば彼女はお守りのようにそれに触る）。

蝶子「（慈愛に満ちた目）ヒカルちゃん」
ヒカル「まへ!（サンタを隠す）ま、蝶子さん。き、今日は、ねへ、ほんまな、のむへほ」
蝶子「いいんざんす、あたしに挨拶は。ちょっと葬式行くついでっちゃ失礼だけど、マギーブイヨン借りに来ただけだから。え? 今の挨拶?」
ヒカル「むへっ、むへらま」

蝶子「むへらま。うん。いいの。3つの考え方があるわ。ヒカルちゃんが、むへらま、って言いたくて言ってんじゃん。でも、なにか他のこと言いたくて、でもめんどくさくて適当に、むへらま、って言ってるじゃん。そしてもう、むへらま、としか言えない人間になったとしたら、許しゃしないよ。そしてもう、むへらま、としか言えない人間になったとしたら、死ね。いや、だけどあんた、押しも押されぬ長女よね。考えろ、しばし。考えた。考えろ。あんたの妹、あれは、だめだ。チャキチャキしてない。湿ってる。あの子はな、濡れた雑巾（ぞうきん）さ。けどあんたはね、雑巾じゃない。固く絞った雑巾だ。あ、雑巾だ。」

ヒカル「（笑う）うひもへ」

蝶子「うひもへ。うん。だから、長女のあんたが、葬儀でうひもへ、なんて言ってちゃ、ああた、ずっこけちゃうわよ。いいさいさ。言いなさいな。今言わないでいつ、うひもへゆうのさ。（涙がこみあげる）おひかえなすって」

ヒカル「え？」

蝶子「言ってみたかっただけだよ。ずっと探してた実の父親が、事故で死んじまってた、だなんてねえ。ああ（服にまぎれこんでいたカラスがバタバタ飛んでいく）、いやだねー。ね！　長女長女、ここが正念場よ」

ヒカル「が、がっつんだ」

蝶子「がっつんだ（うなずく）首をひねる。うなずく。」許容範囲だ。ん。がっつんだ、許容範囲だ。でもね（肩を抱いて）こんなときこそ、チャキチャキしなきゃいけないよ！　あんたのお母さ

ん、あれから一睡もしてないんだ。今日は喪主だからして、負担をかけちゃいけない。パリッとして。あたしゃ敬虔な無神論者だが、とりあえず教会では、がっつんだは、封印してほしい

ヒカル「むいむい」
蝶子「ここだけのがっつんだに、してほしい。そして、もうそろそろ日本語を喋ってほしい。下宿人のあたしなんざが口を挟むことじゃあないが、これからあんたらが、お母さんを支える番だからして」

喪服の馬場（サングラス）が現われる。手に、茶色いウンコの入ったビニール袋。

馬場「蝶子はん、頼むわ〜（ゴムのような男だ）」
蝶子「（腕時計を指し）馬場くん！ 馬場くん！ 遅刻！」
馬場「堪忍。ネクタイ、僕、ようしいひんねん」

見ると、ネクタイが無茶苦茶な結び目になっている。

蝶子「なに、それ、呪い？ 首元への呪い？」
馬場「頼むわ。愛してるさかい。愛で、もぐもぐ、ほぐしてえな」
蝶子「挑発的ね。女が男のネクタイを直してる絵面って奴が、あたしにとってどういう意味を持

つかわかって言ってんざしょうね（バタフライナイフを出す）」

ヒカル「ぎゃああああ！」

蝶子「ああたに言ってんじゃないわよ！」

馬場「あ、あかん。蝶子はん。この子、刃物あかんから」

ヒカル「きゃあああ！　きゃあああ！」

馬場「ボーダーレスや！　せ、性のボーダーを越えた、一人間、いやさ、一生き物として、滅び行く動物として、僕の首元の保護を要請してんねやないか、君。ズビズバー。左卜全や。

蝶子「……たーすけてーや」

馬場「え？」

蝶子「うけたわ」

馬場「うけたわっつってんの（ネクタイをなおす）」

蝶子「うけてよかったわ。なんでも思ったことゆうてみるもんや。……ほんまでっせ」

馬場「なんなの、この結び目、反抗期？　ダダイズム？　幼少期のトラウマ？　蟻塚？　遠慮の塊？　ごめん、これ真面目に見てると気が狂うわ」

蝶子「僕はきわめてシンプルな男じゃ」

馬場「……（ネクタイの結びが複雑なので）これって、ちょと待って、1本じゃないわね。ていうか、2本や3本じゃないわね」

蝶子「3本目までは、覚えてんねん。結んだ、ほどけへん、もう1本、結んだ、ほどけへん、えい、

蝶子「革命的ね。このまま葬儀に出なさい。臭いわね。ウンコ？」
馬場「うん。ええのかな、このネクタイで」
蝶子「よくはない。おおいに悪い。でも、ちょっとうけるかもしれない。ましてや、ネクタイという男根社会のシンボリックな記号に対するアンチテーゼには、なるかもしれない。でも、ちょっと、今ウンコに気がついちゃったんで、もう一回全体的な問題を整理する必要があるかもしれない」

　　　喪服のスミレ、出てくる。

スミレ「アンチテーゼは、やめてください、蝶子さん。葬式ですから」
馬場「……ああ（うなずきながらスミレに近づく）」

　　　博子、出てくる。

博子「蒼木家の西側には、借金して建てた小さなハナレがあって、初め、当時京大生やった馬場さんが下宿してました。そんでしばらくして、彼の恋人で自称革命家の蝶子さんが転がり込みはったんです」

もう1本。何か楽しくなってきてなあ」

馬場「スミレちゃん、よう泣いたか」
スミレ「小一時間。もう、大丈夫です」
馬場「(抱こうとする)もう、小一時間て！こんなときに、悲しみをポータブルサイズにまとめたらあかん。馬場くんの胸で、アホほど泣いとこ」
スミレ「……(ひく)」
蝶子「女だから!?(バタフライナイフを出す)」
馬場「子供ですから！子供！こ、子供は、親死んだら泣く。赤い素麵が入ってたら奪い合いになる。時計見て、11時11分11秒や、とかゆうて跳ね回る。そういう、かーいらしい妖怪や！なあ」
スミレ「馬場さん」
馬場「さいな」
スミレ「持ってはるのそれ、ウンコですよね」
馬場「ビニールや」
スミレ「ウンコ入ってますよね」
馬場「ウンコ入ってるけど、持ってるのはビニールや」
蝶子「肩を持つわけじゃないけど、丈夫なビニールよ。あたし、知ってるの、あのビニールの強さ、大人気ないよ」
スミレ「強さは、ええんです」

馬場「ただ、透明感がいまいちや」
スミレ「むしろ透明感は、いりません！　ウンコ持って、葬式出たらあかん思うから、こうしてビニールであんた、ないことにしてるんやないか」
馬場「うん。ウンコ持って葬式出たあかん思うから、こうしてビニールであんた、ないことにしてるんやないか」
蝶子「ごめん。さすがに、ないことには、なってない」
スミレ「おもいきり、ありあります」
馬場「ほな、あれか？　君のポンポンのなかはウンコないのか？　君のポンポンはビニールより清潔なのか？　ビニールは腐らへんけど、肉体は、腐るで、蛆わくで」
馬場「馬場くん、今の論理は、いただきました」
蝶子「論理、フォー・ユー」
馬場「サンキュー、ベンジョマッチ」
蝶子「どんな球でも返してくるわ」
ヒカル「父が死んだんです。今日は議論は……やめてください」
蝶子「油断はだめ、ヒカルちゃん。議論はいつなんどきでも発生するご時勢だからして」
馬場「すなわち、このビニール袋が葬儀に参列できひんねやったら、ウンコの詰まった人間は、おしなべてみな参列できひんの違うか、ゆうことや」
スミレ「屁理屈や」
蝶子「いや、ウンコ理屈よ」

馬場「どんな球でも返して……」

喪服のヒトエ、頭に包帯を巻いたカクマルに支えられて入って来る。

ヒトエ「なにしてんねん、あんたら!」
ヒカル「お母ちゃん!」
ヒトエ「お客はんがもう、ぎょうさん……あん、お父ちゃんが……。アーメン」
全員「……アーメン」
ヒトエ「(気を失う)おうす」
スミレ「お母ちゃん!」
カクマル「(支えて)だいじょぶ! だいじょえぶ! びりーじょえぶ!」
馬場「あんたが大丈夫かいな」
カクマル「最前(さいぜん)から、奥さん、こっちの世界とあっちの世界を行ったり来たりしてますねん」
ヒトエ「(復活)あんたら来な、喪主の挨拶できひんがな!」
スミレ「そやから、うち!」
ヒトエ「あほ! あんたが悪い!」
スミレ「うちはなんも」
ヒトエ「ユー・ニード・エッジ! モア・エッジ!」

ヒカル「(小声で)エッジを効かせろって」
スミレ「え？(仕方なくエッジを効かせる)」
ヒトエ「スミレー」
スミレ「やった！」
ヒカル「アホか―」
カクマル「奥さん、あのな、スミレちゃんは」
ヒトエ「いっとう先に口答えした人間の口に、罪は宿るねん！ 聞いて！ うちのバックには今な、イエス様がついてはるんです！ イエス様に口答えする人間が、どこにいてはるんですか！ スミレ！ 命の母！」
ヒトエ「あ？」
蝶子「おひかえなすって！」
ヒカル・スミレ「Ａ！(渡す)」
ヒトエ「(手づかみで飲む)」
馬場「それはそれは、おひかえなすって」
蝶子「いや、あまりの飲みっぷりのよさに、おひかえなすって」
ヒトエ「い、今、あんたらは、イエス様を待たせてるんですで。おひかえなすってなんなって、遅いなあ、なにしてんねん。腕時計……見られへん、ゆうて……ぽん(気を失う)」
カクマル「(支えて)だいじょぶ！ だいじょぶや！ すぐこっちに戻ってくる」
スミレ「カクマルさん、あの、頭、どないしはったんです」

カクマル「ああ、あはは、また、中核派の連中に石投げられて。ほんま、胸くそ悪い。苗字や、ゆうてんのに。金貸し、左翼と間違えてどうすんねん」
ヒカル「ゲバルトも金貸しも、人殺しは人殺しや」
カクマル「は？ なんか言いました？」
ヒトエ（復活、キリストになって）いや、神様から、待たれたことはあるねんけどな」
馬場「まだ続いてた」
ヒトエ「待たされたん初めてや！ ゆうて、プンプンしてはるわ！ イエス様が怒るかい！ ちゃんとしましょ。イエス様に追いつけ追い越せや。こわ！ 神様待たす、やて、一本新しい戯曲ができるわ！ あかん、命の母！」
ヒカル・スミレ「Ｂ！」
ヒトエ「（飲む）」
カクマル「Ｂがありまんのかいな！」
蝶子「おひかえなすっ」
馬場「じゃかっしゃい！……サングラスのつるで、ほじくるぞ。くさ！ あ、僕か。や、僕やない。なんや、この臭い」

荘厳な光につつまれて、ぼろぼろの服に乞食と書いてある乞食、現われる。

蝶子「なに?」
ヒトエ「イ、イエス様!」
神木「いえす、んまへん。わし、乞食だ」
ヒトエ「乞食かよ!」
ヒカル「お母ちゃん、灰原の橋の下に住んでる、乞食の神木くんや」
蝶子「あら、まだ若いのに」

　　　　神木、ふすまの部品をはずし取っている。

カクマル「昔、ドングリエビスに神木劇場てありましたやろ、借金で倒産して、一家心中出ましたけど。その事件のな、たった一人、生き残りだ。有名な、ヤング乞食ですわ」
神木「へえ。ペヤング乞食や」
カクマル「ヤング乞食です」
神木「ああ、ペヤング乞食です」
カクマル「あほ! ぺーは、いらんねん」
神木「ぺーは、いりまへんか」
カクマル「いらん、いらん」
神木「いらんもんなら、ください」

カクマル「なんでやねん」
神木「乞食ですから」
カクマル「もう、やめさせてもらうわ」

　　　二人、おじぎ。

馬場「漫才はええけど、そのふすまの丸いの取ったやろ？　みんな、見てたで。返しとき」
蝶子「積極的な乞食ね。なぜなら私だけが気づいてることかもしれないけど、服に乞食って書いてあるもんね。やる気に満ちているじゃないの」
カクマル「この子んちの劇場の資金繰りがアップアップになってな、うちのオヤジに泣きついたのが、ま、運のつきですわな」
ヒトエ「なんや、結局あんたらが殺したんやないか」
カクマル「死なれてきついのは、うちも一緒。罪悪感じゃ、飯食えまへんからな」
神木「あの、乞食ですさかい、道でひらったもんで、あのな、こら、なんなんやけど（一枚のよれよれのチケットを差し出す）」
ヒトエ「なんですの」
馬場「万博の入場券や！」
ヒカル「ハ、ハツモンや。た、太陽の塔の絵が描いてはる！　わあわあ！」

神木「お香典代わりにもらってください」
蝶子「ちょっと待って、今、静かな革命が起きてるんだけど」
神木「旦那はんには、生前、パンとブドウを、いただいたんだよな」
馬場「微妙に、敬語とタメ口が入り乱れた子やな」
神木「せやさかい、旦那さんには、ゾンビがありまして」
ヒトエ「え?」
神木「ちゃうわ、ええと、旦那はんが、ゾンビになりまして」
ヒトエ「なってへんわ!」
カクマル「恩義ちゃうか?」
神木「恩義がありまして」
馬場「かわいそうな子なんやな」
カクマル「6つの歳から乞食ですさかいに」
ヒトエ「(破る)」
ヒカル・スミレ「あーー!」
ヒトエ「人の死を……こんな、しょうむないヘルスセンターの入場券と引き換えにできますかいな」
神木「……殺生だ〜」
蝶子「革命、失敗」

ヒカル「……（バラバラの入場券を拾って）万博が、うちの万博が」
カクマル「そうでっせ。ヘルスセンターちゃいますで」
ヒトエ「（ドイツ語で『私がヘルスセンターと言ったらヘルスセンターなのだ！』と言ってから）未亡人に逆らうな。この、借金取りちゃんす！」
カクマル「……僕は、借金取りの息子、ちゃいます。借金取りの息子」
ヒトエ「借金のうなったらな。命の母、飲まんとすむわ！ ひ、ひとこと、言ってもええかな。くたばっちまえ。アーメン！（去る）」

間。

ヒカル「あれ？」
カクマル「お母さん、だいぶ、きてるわね」
カクマル「（静かに）スミレちゃん。（ヒカルのほうも見る。なのに）……スミレちゃん」
蝶子「お母さん、だいぶ、きてるわね」
カクマル「ヒトエはんは、このカクマルがちゃっきり見てるから、君ら、しっかりな。神父はんには、ようゆうとくさかいに」
ヒカル「行って！」
カクマル「……ほな、お先に（去る）」
ヒカル「お母ちゃんに、はりついて、お香典さんチェックする気や」

スミレ「まさか、ははは、そこまで」
ヒカル「なんで、カクマルの肩もつん？　深海魚みたいな顔して」
蝶子「……ちょっとヒトエさん、心配だわね（追う）」
スミレ「教会。蝶子さん、場所わかります？」
蝶子「この、命の母Aのツブをたどって行けば、きっと（去る）」
ヒカル「待ってえな、蝶子はん（追う）」
馬場「馬場さん！」
ヒカル「さいな」
馬場「ウンコ、捨ててください！」
ヒカル「だー（捨てようと）」
馬場「ここでやない！」
ヒカル「なんやねん、なんやねん！」
馬場「わかった（行こうとして）……あの、こんな席で発表すんの、ごっつい心苦しいねんけど」
ヒカル「（激怒）ありえへん！」
馬場「僕と、蝶子さん。ま、思想的にかち合わんのは重々承知やねんけどな。ここんちのハナレに仮住まいさしてもろて10年。晴れて、籍入れました！　わあ、って」
ヒカル・スミレ「……」

馬場「空気読めっちゅうねん……僕！（去る）」
スミレ「お姉ちゃん、はよ」
ヒカル「あうん」
蝶子「（いつのまにかいて）名前が変わるのは激しく抵抗あるけど、馬場って、関西じゃ、ウンコって意味なんでしょ？」
ヒカル「まあ」
蝶子「うけるかもしれないじゃん！（去る）」
スミレ「うけるかな？」
馬場「（いつのまにかいて）君らのおかげやで（去る）」
ヒカル「（出てきて）えーと、あのー、あれ……（去る）」
馬場「（出てきて）君らの、おかげや」
ヒカル「も、ええから！」

　　　　馬場、去る。

スミレ「けったいな人や。うちら、なんもしてへんがな。なんのおかげやねん」
ヒカル「スミレ」

スミレ「(切れる)深海魚ちゃうわ!」
ヒカル「……そんな、タイムラグおいて切れられても……びっくりした」
スミレ「はよ、いこ。お母ちゃん、倒れたらまた迷惑かける」
ヒカル「話があんねん」
スミレ「なに?」
ヒカル「内緒やで。絶対内緒やで。(隠していたサンタを見せる)これ」
スミレ「……!」
ヒカル「お父ちゃんのタンス、整理してたら出てきたんや」
スミレ「う、うん。サンタの」
ヒカル「抜け殻や」
スミレ「え?」
ヒカル「サンタさん、去年のクリスマス、うちで脱糞していかはったんや」
スミレ「脱糞?」
ヒカル「あ、ちがう、脱皮や! なにゆうてんねん。恥骨叩き割るで! 恥骨出しなさい!」
スミレ「いやや」
ヒカル「じゃあ、黙って聞きなさい。これはな、サンタの抜け殻や!」

　間。

スミレ「……勝った!」
ヒカル「なに?」
スミレ「なんでもない」
ヒカル「サンタ、意外と、こわ!　サンタ、意外と、こわ!　なに、なにになろうとしてはるねん、サンタはんゆう人は。……あ!　あ、あれは、夢やなかったんや!　こ、こわ!(笑う)
スミレ「(客に)そんとき、なんでうちが勝ったんです。思ったのか、察してください。勉強もスポーツも友達の数も、お姉ちゃんに勝てへんやったんです。でも、(笑う)アホや!　お母ちゃん、17にもなって、まだサンタさん信じてたんや、お姉ちゃうち、知ってるもん!　サンタはな、お父ちゃんや!　勝った!　うちのほうがリアルや!
……あ!」
博子「(突然出てきて)どうしたん、お母ちゃん。顔、真っ青や」
スミレ「きた」
博子「なにが」
スミレ「あかん。(股間を押さえて)始まってもうた。つ、月の、あかん、よう言わん」
博子「え?　待って、このタイミングで?」
スミレ「お姉ちゃんに勝った、思った瞬間や……勝ったら、始まってもうた。……どないしょ」
博子「どないしよて、お母ちゃん。そのおかげで、うちがいるねんで」

スミレ「ごめん」
博子「なんで？……おもろいな……なんで謝るん」
スミレ「言えへん。ヒカルお姉ちゃんには、絶対言えへん。気合ひとつで止めてたのに。どないしたらええねん！（去る）
博子「少し、話戻させてください。よろしくお願いします。それは、前の年、つまり、おじいちゃんが失踪した年のクリスマスの夜のことでした」

クリスマスっぽい音楽。

夜。寝室。寝ようとしているスミレ。

スミレ「夜やわ。眠い眠い。高校生はいつでも眠いなぁ」

すごくでかい靴下を持ってくるヒカル。

スミレ「なんやのお姉ちゃん、それ」
ヒカル「靴下やんかいさ」
スミレ「大きすぎるよ。指、ついてるし。……（一本長すぎるのを見つけて）これ、なに指？」
ヒカル「不幸の指や。お父ちゃんがゆーてたやんか、サンタさんは平等に子供たちのこと見てて

くれはるて。うちらは不幸や。お父ちゃんがいなくなって不幸や。違うか。借金取りに追われて不幸や。違うか」

スミレ「おうてる」

ヒカル「おうてるな。おまけに、うちらまだ、あれも来てへんねんで」

スミレ「ちょ、その話は……（周囲を見渡す）」

ヒカル「高校生にもなって月のものないなんて。恥ずかしいて、友達と話し合わせるの、めっさエネルギー使うわ」

スミレ「う、うちは、そういう話する友達、よういひんもん」

ヒカル「難儀やで。ヒカル、今日、ケチャってる？　って聞かれるねん」

スミレ「ケチャッてる？」

ヒカル「ケチャップのことやんか！　きゃあチャッてケチャッてしゃあないわ！　とか、ゆうてくるから、ケチャケチャケチャ！　っバリ島の人？　せやから、ああ、ケチャッてケチャッてしゃあないなあ、言い返すけど、ほんまは一度もケチャッてないでしょ。ケチャッてケチャッてしゃあない気持ち、わからへん！　それ、悟られたないあまり、逆にテンション上げるな、しゃあないやんか。ケチャッてケチャッてたまらんわあ！　ゆうたら、さーって、潮が引くようにひかれてな。大声でゆうことちゃうわ、て、みんなにグウで殴られて、むしろ、顔がケチャっ

スミレ「ケチャ……あ」

ヒカル「ケチャッてケチャッてしゃあないわ！　とか、ゆうてくるから、ケチャケチャケチャ！　っバリ島の人？　せやから、ああ、ケチャッてケチャッてしゃあないなあ、言い返すけど、ほんまは一度もケチャッてないでしょ。ケチャッてケチャッてしゃあない気持ち、わからへん！　それ、悟られたないあまり、逆にテンション上げるな、しゃあないやんか。ケチャッてケチャッてたまらんわあ！　月経月経、たまらんわあ！　ゆうたら、さーって、潮が引くようにひかれてな。大声でゆうことちゃうわ、て、みんなにグウで殴られて、むしろ、顔がケチャっ

てしもたがな。……わあわあゆうてます」
スミレ「ああ」
ヒカル「(激怒)なんで、うちらだけ!……絶対あれや。借金でお父ちゃんがいいひんようになったショックで、うちら、来るべきものが来いひんねん。みんな、お金のせいや! お金が悪いんや! (倒れこむ)」
博子「二人は、こういう大問題をかかえてはったんです」
スミレ「(博子に)お姉ちゃん、中学卒業してもメンス来いへんの、えらい気にしててなあ」
博子「うん。そら遅いなあ」
スミレ「なのに、うちが先に来たら、うちだけメスみたいやろ。愚かスケベみたいやろ」
博子「愚かスケベて」
スミレ「ハイティーン女子の考えることて、なに? 大きくゆうたら、お菓子のこととスケベのことや。そのうち、頭の中のスケベ率がお菓子率を上回って、スケベ率上昇の波に乗って、生理が始まるねん。せやからうち、ふんばってたんや。お姉ちゃんにメンス来はるまで、うちに来たらあかん。でも……夢見るお年頃やし、脳裏に、にしきのあきらが……♪あーいしてる〜、って、あかん、スケベ率上昇中、注意せよ!」
博子「ようわからんけど、がんばって」
スミレ「お菓子の神様、我にお菓子のことばかりを考えさせたまえ」

お菓子の神様、現われる。

スミレ「チロリアンやあ！　チロリアンの神様や！」

お菓子の神様「♪チローリアーン」

にしきのあきら、出てくる。

にしきの「♪あーいしてるー」

スミレ「に・し・き・のあきらやあ」

お菓子の神様「♪チローリアーン」

にしきの「(かぶせて)♪あーいして……」

お菓子の神様「(かぶせて)♪チローリ……」

にしきの・お菓子の神様「(混ざって)♪アーリラン、アーリラン、アーラーリイ」

スミレ・にしきの・お菓子の神様「(無理やり)♪チローリアーン」

スミレ「……セーフ！」

博子「(拍手)」

スミレ「そういった気持ちようで、うち、ふんばってたんや。せやのに……」

博子「気の持ちようで止めてたん？」

スミレ「ああ」
博子「ある意味、そっちのほうがすごいな」
スミレ「どないしよう（頭を抱える）」
ヒカル「（起きて）不幸な子ほど、ようけプレゼントもらって、平等に地ならししてもらわな、あかんはずや」
博子「（スミレが落ち込んでいるので）お母ちゃん。話、去年に戻ってる」
スミレ「ああ、いそがしい」
ヒカル「そやさかい、サンタさんにうちらの不幸が分かりやすいよう、去年の倍の靴下吊るしてこましたるねん。ごっつい前のめりなプレゼントを期待してるやんか！たとえ倒れても、前のめりに死にたいやんか。うち、坂本龍馬ぜよ！」
スミレ「それは……知らなかった」
ヒカル「プレゼントはな、あげるもんともらうもんの戦争や。あんた、詩とか小説とか書いてんねやろ」
スミレ「あ、それいいから」
ヒカル「チラシの裏に、書き溜めてんねやろ」
スミレ「まじ、いいから」
ヒカル「やさしいおまわりさん、やったっけ」
スミレ「やさしすぎるおまわりさんや。ええから、もう！」

ヒカル「やすすすぎる」
スミレ「やさしすぎる」
ヒカル「やさすすしじる」
スミレ「やさしす」
ヒカル「やさしくんで」
スミレ「はい、もう、やすしくんで」
ヒカル「ええか、やすしくん、作家先生なら新聞読まなあかん！ プレゼントのパワーバランスで世の中動いてるのわかるで。せやからこの不幸に見合うプレゼント入ってなかったら、うち、ゴクリ、サンタと刺し違えるぜよ」
博子「今、口でゴクリて」
スミレ「本気でゆうてるの？」
ヒカル「当たり前や！ もう、本気汁ピュッピュピュッピュ出てるで！ 塩素が入ってるからね、混ぜると危険よ！ 混ぜなさんなよ！」
スミレ「はい」
ヒカル「♪ハッピバースディ・ツー・ユー、ハアッピバースディ・ツー・ユー」

スミレ、そっと寝室を抜け出す。

スミレ「なんでクリスマスにハッピバースディやねん。大変なことになってるわ」

一方、別の部屋でヒトエが、借金取りのカクマル親子と用心棒の安西と相談をしている。

カクマル父「（金を数えて指でピンとはじき、セカンドバッグにしまう）はい、おおきに。ごっくおはん。……も、泣きなや、せつないで、ヒトエちゃん。じょうできじょうでき」
カクマル「ほら、外、雪ふってまっせ！　明日はホワイトクリスマスや」
カクマル父「今年もこうして利子、きちっと納められたんや。旦那はケツまくったのにあんた、潰（つぶ）れんでようやったで（ハンカチを渡そうと）」
ヒトエ「触らんといて！　あん！　人、追い込んどいて、泣かせて、ようやった、追い込んどいて、泣かせて、ようやったって、あんたコーチか。あたしの鬼コーチか！」
カクマル父「真面目に生きとるのは、お互い様。方向性の違いやがな」

安西、カクマル父を包丁で刺す。

カクマル「えーか、お母さん」
ヒトエ「お母さんちゃうわ！　ふん！」
カクマル「金貸しの生真面目な気持ちが、結果的におくさんらを追いこんでるだけやおまへんか。

結果論ですがな」

カクマル「なにが結果論じゃ！　パンシロンみたいな顔して」
ヒトエ「パンシロンて」
カクマル「パンパンパン（ちゃぶ台を押して座布団ごとカクマルを押しやる）」
ヒトエ「（起き上がり）なにしとんねん！　なんで、座布団にキャスター付いとんねん！」
カクマル父「（立ち上がり）けんけんすな」

スミレ、陰で覗いている。

カクマル父「……ゆうてもや、この人のお父上はな、陸軍第32師団17連隊で、わしと兄貴の上官やった人やで。わしは爆撃で片足こんなんなって、途中で送還されたがな、兄貴と旦那はんはともにあれや、（ぐずつ）地獄のガダルカナルで戦場の花と散った仲やで。（安西が刺すが、いなして）蒼木中隊長ちゅたら、隠しとうしてはいはったがな、そらあも、敬虔なカトリックで、わしら朝鮮人の兵隊にも、ようしてくれたお人やがな。神様みたいな人やった」

安西、包丁で刺す。

カクマル父「いつまで刺しとんねん！　あんた、おととい死んだやろ」

安西「それをゆうな、なんやその言いぐさは」

カクマル父「刺すんなら、生きとるうちに刺さんかい」

安西「わかっとるわい、そんなこと！ ああ、そうやった〜、順番まちごうた。刺してから、(首吊りのロープを示して)こうやった。なんで、あんたなんかに借りたんやろなぁ。♪忘れな〜いで、命よ〜りも、大切な金がある〜」

カクマル父「♪(一緒に)大切な金がある〜」

ヒトエ「なに歌っとんねん！」

カクマル「アホの安西はんて、いましたやろ。うちから金借りて、小豆の相場に手ぇ出してパンクして、おととい首吊りましてん。親父にだけ見えるらしいですわ」

カクマル父「見えるな、ボケ！」

ヒトエ「また、人殺して！ あんた忘れたんか。うちの人と3人で靖国神社に嘆願書出しに行ったときのこと。あんとき一緒に泣いたな、あんたとうち、靖国神社のジャリみたいな色盲のテストみたいな、ようわからん地面に頭擦りつけて血い出して。うちらの身内の魂はちょっと、神様が違いまんねん。神社から返して下されへんかな。ゆうて泣いたな。なんでクリスチャンが神社に入らんとあかんのですか。お父ちゃんの分まで泣いてくれたやんか！ 物忘れ、激しすぎるで」

カクマル父「人間は忘れる動物、ゆうことを教えてくれたんは、この国やで。神様の真似したら罰当たる」

38

ヒトエ「鬼！」

カクマル父「朝鮮人じゃ」

ヒトエ「鬼！」

カクマル父「たまに、風向きによって鬼になるだけや」

ヒトエ「鬼！　エブリデイ、鬼！」

安西「もっとゆうたれ、おばはん！　鬼！　人でなし！　鬼のおならはでっかいぞ、くっさいぞ！　プップープップー」

カクマル父「殺すぞ」

安西「もう死んでるも～ん」

カクマル父「くそ～」

安西「勝った！　勝った！　ようし、テンションあがってきた！　一から出直しや！」

カクマル父「出直せんちゅうねん」

安西（遮って）出直せるかい！（去る）

ヒトエ「（頭を抱えて）ああ、クリスマスどないしたらええねん。利子はろたら、すっからかんや。プレゼントはないわ、サンタはいいひんわ。言えまっかいな、今さら。サンタはお父ちゃんでした、やて」

スミレ「え？」

ヒトエ「うちがやるにも。お父ちゃんのサンタ服、なんでやろ、毎年のことやのに、どこの箪笥(たんす)

にしもたやら、どうしても思い出せへんねん」

スミレ「はうあ」

博子「どないしたん」

スミレ「……サ、サンタが、お父ちゃんやったとは……してやられたり！」

博子「……え？　このタイミングで気づいたんかいな」

スミレ「うん」

博子「うん、やあらへんがな。ヒカルおばちゃんと、どんぐりの背比べや」

カクマル（煙草を吸って）そやからな、お母さん」

ヒトエ「お母さんちゃうっちゅうねん、くそがき」

カクマル「はい、奥さん。奥さんちのハナレ。あれ、僕なんか、なんやろなあ、売ってまったらええのに思いますね。あそこ90平米はありますわな、あれ売ったら大分、元本もスリムになるんちゃいますか？」

ヒトエ「あそこは……あきまへん」

カクマル「ウンコ学者と、革命家みたいな落語家みたいなおばはんが、いたずらにやっすい貸し賃で住んでるだけやおまへんか」

ヒトエ「あの二人は、じきに出ていきますよって。あそこはな、ヒカルが、所帯持ったときのために、あの人が無理して建てたんや。勝手に売るわけにはいかん」

スミレ「……また、お姉ちゃんや！（何かを蹴る）」

博子「お母ちゃん」

ガラスの割れる音。
スミレ、去る。

カクマル「あ、今、がちゃんて」
ヒトエ「それよりサンタ、どないしたらええねん。利子はろたら、トントントンカラリンと隣組や。手伝ってえな。(カクマル父の太ももに)のの字、のの字」
カクマル父「ふうあ、色仕掛けや」
ヒトエ「鬱の字、鬱の字。いやん、か、画数に、指の動きがおいつかへんわあ」
カクマル父「かーいらしいなあ」
カクマル「ちょっ……席はずしてよろしか。気持ち悪いことも含めて(去る)
カクマル父「わかったわかった。このカクマル、一肌脱がしてもらうがな。スチャラカ商店街に、クリスマス屋ありますやろ。あそこが手形きれんようなって、うちに泣きついて来てまんねん。せやから、あそこの親父に頼んで、ごっついサンタ、用意させまっせぇ」
ヒトエ「あら、ほんまあ?(カクマル父のほっぺを触って)やっぱこの人、人間やわああ。(反りながら飛び跳ねる)ずーん! ずーん! ずーん!」
カクマル父「ははは」

ヒトエ「ずーん」
カクマル父「あんたは太陽みたいな人やなぁ」

なにかすごいメカに「うーん」とどつかれて、叫びながらカクマル、転がりこむ。

カクマル「なーんやーねーん!」
カクマル父「ど、どないしたんや!」
カクマル（腹を押さえて）「に、2階の窓に手えかけたら、いきなり、階段から、メカ的な何かが、ボーン出てきて、腹殴られた。あいったぁ」
ヒトエ（笑う）「ああ、うちが発明した、パパつっこみ機にひっかかりなはったなぁ」
カクマル「パパつっこみ機?」
ヒトエ「あの人な、冗談でよく、2階から帰ってきますねん。冗談? 冗談ですねん。あ、間違えた、あわわ、ゆうて。1階と2階、間違うかい! て、つっこまれるまでやめしまへんねん。煙草プカー、吸うだけで酒もようせんのに、わかりにくい冗談するのが好きですねんな。せやから、もしかしたら、今いひんのも、なんかの冗談かもしれまへんやろ」
カクマル「冗談で、借金まみれの家ほかして、何か月もいなくなりまっかいな。あほらし」
ヒトエ「冗談することと、それが伝わることは別ですわなぁ」
カクマル「はぁ?」

ヒトエ「ここに干し柿がありますな。食べるまでが干し柿や。食べてもうたら、ウンコちゃんになるだけや。それと同じ。伝わるまでが、冗談なんですわ。伝わった瞬間に冗談は消えてしまうんですわ。いらんわ、干し柿なんか(投げ捨てる)。なんでうち、干し柿なんか持ってんねん!」

カクマル父「しゃけど、笑えな意味がありまへんで」

ヒトエ「へえ。せやさかい、これが冗談やったら冗談ですましまへんで。笑えんほどごっついつっこみ入れな、バランス悪いやおまんか。ひっひっひ。それで発明したんや。パパつっこみ機。あの人、絶対、2階から帰ってきますねんから。ドーンつっこんで、ほいで……おかえり、言いますねん」

カクマル父「……ヒトエちゃん」

ヒトエ「カクマルはん。あの人のスケールのでかさに見合うた、洒落にならんサンタで、お願いしまっせ」

カクマル父「洒落にならんサンタな……」

ヒトエ「もう、サンタの概念を覆すようなサンタだ。お願いします」

博子「(現われて)おばあちゃんがカクマル親子に無体(むたい)な注文をしてはるとき、ヒカルおばちゃんは、こんな夢を見てました」

暗転。

声「なん。なんだ……これは。……芸術だ、爆発だ」
ヒカル「……え？　なに？」

シルエットで、テンションの高いおっさんが手を拡げて立っている。

おっさん「ん、あのね、こう、ガガガっていう、エネルギーがね、あのだから、グラスの底に顔があってもいいじゃないか！　なんだそれは！」
ヒカル「誰ですか!?」
おっさん「なんだつみィは！」
ヒカル「いや、うちが聞いてるんですけど」
おっさん「あー、あのね、こう、ガッと来た瞬間のね、一瞬一瞬のね、つまりあの、おっさんだ！」
ヒカル「おっさんですか？」
おっさん「ここは、ね、おっさんの世界だ」
ヒカル「なんだそれは！」
おっさん「おっさんの世界だ」
ヒカル「知らないで言ってるんですか？」
おっさん「なんじゃこりゃあ！」
ヒカル「え？」

おっさん「……」

ヒカル「え?」

おっさん「……知らないことはね、素晴らしいことなんだよ。そう。知ってるってことは、知識というシステムのなかに、閉じ込められるということでね、知らないって言った瞬間に、そのシステムを破壊して、その言葉は無限の広がりをもつわけで、知ってるってことは限界、限界、限界だ! 爆発だ! おっさんだ! ね、ここにグラスがある、知らなければ、それは水を飲むものだと知った。そのときからグラスは貧しいものに変わるわけだ。知らなきゃ、グラスの底にあのねおっさん、おっさんの顔があったっていいじゃないか。おっさんだ、これは!」

ヒカル「あの。一回休憩してから喋ったほうがよくありませんか」

おっさん「休憩?」

ヒカル「はい」

おっさん「なんだ、それは!」

ヒカル「だから、休憩です。休憩です」

おっさん「じゃ、あのね、そろそろお別れの時間が来たんでね」

ヒカル「えー」

おっさん「次のあの、高座があるんでね」

ヒカル「落語家?」

おっさん「違うよ。太陽の塔っていうのがね、今、建設中のオオチャカ万博の会場の真ん中に、こう、

グッとグッとそそり立とうとしてるわけなんだね、こう、グッとそそり立つ予定なんだね。それができたら怖いね、はい、怖いですね、そこの下のところで、また、お会いしましょうね。さいなら、さいなら、さいなら（消える）」

ヒカル「おっさん！ 最後、違う人になってたような気いするけど……うち、ようわからんけど、なんでやろ、あの不思議なおっさんに、会いたいな……いつかまた」

おっさん「（すぐ現われて）すぐ会ったっていいじゃないか！」

ヒカル「やあ！ もう、あの、今日はお腹一杯なんで。今度また。さよなら、おっさん！」

　　　おっさん、消える。

ヒカル「……あっ。夢か……」

　　　ふと、枕もとの靴下を見る。

ヒカル「ちぇ（ためいき）」

　　　スミレ、入ってくる。

ヒカル「サンタはん、まだ来てへんみたい。ふぁ、冷え込むわあ」
スミレ「ああ、冷えるなあ。……ええんちゃう？　お姉ちゃんには、この先ごっついプレゼントが待ってるんやさかい（煙草に火をつける）」
ヒカル「え？　スミレ、煙草、ちょっとやめて、お母ちゃんに見つかったら、気、狂うで」
スミレ「カクマルさんに、もらったんや。プカー。ほら、天使の輪や。できてへん！」
ヒカル「カクマルー!?」
スミレ「新発売よ。セブンスターゆうてね。女子でも吸える軽さやねんて。ああ、軽い。ごほん、ごほん。♪かるーい、ハーレー」
ヒカル「あんた、なんやの？」
スミレ「よいしょ。（屁を放つ）ぷー」
ヒカル「おならですか。姉のクエスチョンに、おならでアンサーですか」
スミレ「さおなら」
ヒカル「さおなら、と言いましたか？　姉に、駄洒落ですか。姉に、駄洒落後の残念な空気を、後始末させるですか。姉に後始末をさせるですか」
スミレ「うるさいなあ」

　スミレ、窓を少し開けて煙草を捨てる。
長髪の馬場の弾くギター。『イマジン』が聞こえてくる。

ヒカル「……馬場さんや。わざわざクリスマスの夜に『イマジン』やて。いちいち、えげつない人や」
スミレ「なんやのそれ」
ヒカル「知らへんの？ おっくれてるう。ジョン・レノンや。この世界には天国も地獄もあらへん。おのずと神様もいいひん。せやから気にせんとみんな仲良うしよな、みたいな、ゆうたらアナーキストやらアカの歌や。これもお母ちゃん聞いたら気い狂うな。お姉ちゃん知ってんねんで。神様がいるから人間がいるんちゃう。人間がアホやさかい神様が『しゃあないなあ』ゆうて出てきたんやで」
スミレ「……(嘲笑)」
ヒカル「なんですの？」
スミレ「お姉ちゃんは、なんでも知ってるなあ。でも、姉やったら、はよ、女になってくれへんかな。次がつかえてんねんわ。正直しんどいわ」
ヒカル「……さっきからなんか、えらい挑発的な感じで気い悪いんですけど」

　　　　　　　風。

ヒカル「……誰？」

ズルズルと、なにかをひきずる音。

ヒカル「え？　サ、サンタはん？」

ヘルメットを被り、全身血まみれの男、現われる。

ヒカル「なにゆうてんねん！　赤い服着てはるがな」
スミレ「お姉ちゃん、これは、違う！」
ヒカル「サンタさん、靴下！　靴下！」
男「……（首を振る）」
ヒカル「夢やない。これ、夢やない。わあ、サンタはん！」

男、ヒカルの靴下に血を吐く。

ヒカル「……わあ。（作り笑いで）なにしてくれるかなあ。血を吐きましたよ、このサンタさん、今、血を吐きましたよ」
男「……あう」

ヒカル「いやがらせ？　暮れの元気な嫌がらせ？　ばれたかな。正直、イエス様のこと信じんと、サンタさんのことだけ待ってたの、ばれたかな。神様ありきのサンタはんですもんね。これからは、神様も信じるさかい、サンタさん、グダグダなってんと正しい姿で現われてください、お願いします！」

男「仲間に」
ヒカル「ひ」
男「仲間に、やられちゃった」
ヒカル「やられちゃった？」
スミレ「外人？」
ヒカル「外人」
男「すっかり、その気で、やられちゃった」
スミレ「外人でもサンタでも、ちゃう。この人、血だらけや、お姉ちゃん、よう見て！」
ヒカル「きゃああぁ」
男「内ゲバ、されちゃった」
スミレ「こ、この言葉は」

　蝶子、コートを着て現われる。
　頭に雪が積もっている。

蝶子「東京の人よ!」
スミレ「と、東京の人?」
ヒカル「蝶子さん! 頭が! シャープな様子に!」
蝶子「雪が積もってシャープになってるだけ。それは気にしないで。そんなのは、どーでもいいこと! 残念ながら、彼はサンタじゃないの」
ヒカル「え!」
蝶子「彼は、新宿くん。あたしが早稲田で学生運動やってたときの恩人よ。彼、赤軍派の連中に追われてるの」
スミレ「かわいそう。せっかく東京弁をしゃべってはるのに、血ぃ出して震えてる」
蝶子「匿ってあげて。仲間にも警察にも追われてるわ。(窓から外を見て)探してる。家の電気を消して。止血の準備をするわ。あなたたちは身体をふいて、暖めてあげて」
ヒカル「匿ってどうするの」
蝶子「嘘をついてほしいのさ」
スミレ「嘘?」
蝶子「捕まったら、この人、内ゲバされちゃうのよ!」
新宿「……(倒れる)」
蝶子「この人と一緒だったら、あたし、もう一度だけ、革命を信じる自身ある。そんときには、あなたたちに宣言する。暗号よ、覚えてて、このうちにマギーブイヨンを借りに来るわ。それ

が、革命再スタートの合図」
ヒカル「でも」
スミレ「そんな怖い人、家に入れたら」
蝶子「おらがハナレっこがあるでねが!」
ヒカル「ちょ、蝶子さん!」
蝶子「おめ、あがし（明石）天文台よりヒガスの人間っこを! あがし天文台よりヒガスの人間っこが困ってんだぞ、くぬう! 見だごとあんのが、（バタフライナイフを出して）助けんのが、人間だべさ! わかったか、くぬやろ、くぬ!」
ヒカル・スミレ「はい!」
蝶子「いごけっつの! いごけっつの!」

　　二人、あわただしく動く。
　　ヒトエとカクマルと父。

ヒトエ「メリー・クリスマス!」
カクマル父「洒落にならんサンタやで!」
ヒトエ「あら、誰もいてへん」

カクマル、現われて。

カクマル「(ぜいぜい言いながら)あかん、クリスマス屋の親父、モールのキラキラで首吊って死んでもうた」

カクマル父「洒落にならんわ」

ヒトエ「あんた！」

クリスマス屋の親父の亡霊が現われて、カクマル父を刺す。

クリスマス屋「走ったから」

カクマル父「(間)早っ！」

暗転。

星空の中、博子、現われる。

博子「おばあちゃんもお母ちゃんも微妙に嘘をついてました。でも、新宿さんが現われて、みんながあからさまな嘘をつかなあかんようになって、蒼木家の真ん中に嘘の小宇宙ができあがってもうたんでした。そのちいちゃい宇宙の真ん中には地球があって、その真中にはオオチャカ

があって、そして、1970年、オオチャカ万博の真中には太陽の塔がありました」

太陽の塔の写真。いくつか照射。

博子「サンタクロースになれなかったおじいちゃんは、名前を隠して太陽の塔の建設作業員として働いてはったそうです。いろいろ塗ったり磨いたりしてはったんちゃいますやろか。そして、オオチャカ万博開場の前の日、仕上げ中の太陽の塔から転げて落ちて」

父の声「あーー！」

博子「べしゃ、ってなって死にはったんです。なんで落ちたのか、真相は謎のまま。ただ、おじいちゃんが仕事してた太陽の塔の壁に、『これ以上、嘘はつけへん』と鉛筆で落書きされてはったそうです。後から、そんな噂が立ちました。そして、蒼木の家がつかなならん嘘は、また一つ増えたんでした」

明るくなる。
蒼木家の居間。

博子「1970年9月13日。お母ちゃんは、なんでか新宿さんに東京弁を教わってはりました」

新宿とスミレ。

新宿「ネクタイ」
スミレ「(なまって) ネクタイ」
新宿「ネクタイ」
スミレ「(なまって) ネクタイ」
新宿「ネ・ク・タ・イ」
スミレ「ネクターイ」
新宿「だめだめ、それじゃネクターみたいになっちゃうもん」
スミレ「(なまって) だめだめ、それじゃネクターみたいになっちゃうねんもの……あ」
新宿「関西人でおまんなあ」
スミレ「あ! 新宿さんが、おまんなあとか。ゆうたらあかん。哀しくなる」
新宿「(戻って) ネクターってさ、飲めば飲むほど咽喉が渇いちゃう、不思議な飲み物だよね」
スミレ「(なまりまくって) ネクターってさ、飲めば飲むほど咽喉が渇く、ちゃう……あるよ」
新宿「……関西っていうか、もう、外人だね」
スミレ「(ためいき) 難しいなあ」

　突然、大荷物を持ってヒトエ現われる。

ヒトエ「あ、いそがし、あ、いそがし」

新宿「(あたふたする)」

ヒトエ「ああ。保険屋はん。また来てまんのか」

新宿「あ、え、はあ」

スミレ「えーと、今日も見つからへんのやて」

ヒトエ「ほうか。お金出る出んはともかくな、はよ白黒つけとくんなはれな。うちも気い休まんさかいに」

新宿「あー、はい」

ヒトエ「干し柿、食べなはるか？(出す)」

スミレ「……大丈夫です。お母ちゃん、新宿さんのこと、お父ちゃんの生命保険会社の人や思てるから」

ヒトエ「いえ」

ヒトエ「うちも、いらんわい！ こんなもん！ (投げる)……アホか！ 干されて！ ムンクか！……(去る)」

新宿「生命保険」

スミレ「うん。お父ちゃんが事故で死んで、生命保険おりてへんのです。せやからほんまは、お父ちゃん死んでへんのやないか、ゆうて、保険会社の人が疑ってるせいやと思って、それで、

新宿「へえ。でも、なんでおりないの、保険?」
スミレ「忘れてるんです」
新宿「え? なにを?」
スミレ「うちが私立の高校行ったもんやさかい、お金かかるんで、去年解約したこと、お母ちゃん、忘れてしもてるんです」
新宿「……ふうん」
スミレ「何度もゆうて聞かせてるのに。忘れてくれるたび、胸チクチクするわ。おまえは府立行ったらいじめられるて、みんなに説得されて行ったのに。うちは、府立でもよかったんや……」
新宿「(気まずく)さ、もういっちょいっちゃおうか。いっちゃったりしちゃおうか」
スミレ「あ、うん、ええと(時計を見る)」
新宿「なにか、用事?」
スミレ「まあ、あの、するってえとなにかい? ちょいと野暮用で」
新宿「そ! じゃあ、失礼しちゃおうかな」

　　　新宿、隠し扉を開けて去ろうとする。

博子「その頃、新宿さんの逃亡用に、蒼木家と馬場さんのハナレは、一本の地下通路でつながっ

てました。ああ、来るべき共産主義革命！　その日のために、蝶子さんが一人でせっせと掘りなはったんです。ヒカルおばちゃんはサンタの抜け殻のせいで上の空でしたが、あのお葬式の日の謎の借り物」

蝶子「マギーブイヨン借りに来たわ」

博子「……は、通路がつながった合図やったんでした」

蝶子「何回も言ったよ。気づけよ（去る）」

スミレ「新宿さん、おおきに」

新宿「（訂正する）新宿さん、ありがとう」

スミレ「（大阪弁で）新宿さん、ありがとう」

新宿「（訂正して）ありがとう」

スミレ「ありがとう」

新宿「言えたじゃん！　言えたんじゃん？」

スミレ「……ほんと？」

新宿「すごい、すごい。『ありがとう』さえ言えれば、なんかさ、でっかいことできるよ」

スミレ「えー、なんやろ」

新宿「（肩に手をかけ）今度の羽田空港ターミナルビルの建設、君んとこに発注しようと思ってるんだ」

スミレ「ありがとう」

新宿「でっかいよ。ありがとう一つで、でっかいことできたよ」
スミレ「やったー。……バカにして」
新宿「だよね、ははははは、ははははは、スミレちゃん、小説、書いてるんだもんね」
スミレ「え?」
新宿「なにしろ、小説は苦悩と洞察力の世界だから」
スミレ「……あーっと、えーと、誰に」

ヒカル、決め決めの格好で出てくる。

ヒカル「堪忍な」
スミレ「なんやの、毒虫みたいなかっこして」
ヒカル「ほんま、堪忍。スミレ、ほら、ひとりでグジグジ書いてるさかい」
スミレ「グジグジて」
ヒカル「あれ。あの、『やさしすぎるおまわりさん』。新宿さんに読ませてしもたん」
スミレ「ご！だ！」
新宿「おもしろかったよ。うん。すごくおもしろかった。やさしいおまわりさんと、やさしすぎるおまわりさんが一緒に住んでるなんて話、なかなか思いつかないよね。やさしいおまわりさんが、犯人を逮捕するんだ」

ヒカル「やさしくね」
新宿「でも、やさしすぎるおまわりさんが、犯人を逃がしちゃうんだな。やさしすぎるからね。でも、やさしすぎるおまわりさんは、それを怒れないんだ。やさしいからね。やさしすぎるおまわりさんのことを、やさしすぎるおまわりさんは気に病んで寝込んじゃうんだ。やさしすぎるからね。で、寝込んだおまわりさんのことを心配して、やさしすぎるおまわりさんも寝込んでしまうんだ。やさしいからね。それを見て、やさしすぎるおまわりさんは、こりゃ寝込んでられないって……(ジャンプ) もう、エンドレス！」
スミレ「(顔が赤くなる) なんで勝手に……」
ヒカル「才能がもったいない！ 表現て言葉あえて使わせてもらうけど、他人ありきのもんちゃうの？ あんた、どうせ、読ませて、ゆうても、あかーんあかーんてスカート引っ張ってモジモジするだけやし」
スミレ「そんな不細工な顔、しーひん！」
ヒカル「するんです！ スミレはね、モジモジの国でスカートの引っ張り方を教える、モジモジ先生なんです。聞いて！ 新宿さんね、早稲田の仏文やねんで。フランス語でもの考える人間なんてどこにいる？ 宇宙にただ一人やで！」
新宿「ごめん。いっぱいいるよ。とくにフランスには、いっぱいいるよ。それに、学校封鎖で、ほとんど授業出てないから。ははは」
ヒカル「仏文！ このエレガントな響き。舌に乗せただけでとろけるフツのまろやかさ、そして、

新宿「エレガントかな。ははは」
ブンのいきなりオハギを顔になげつけられたような力強さ

ヒカル「ガガガガガ（機関銃を打つ真似をして）……ふつ、ぶん」
博子「（客に）ほんと、ごめんなさい」
ヒカル「（スミレに）ボンジュール、おめめさん。……シャンソン化粧品です」
スミレ「（いらいら）なんですか」
ヒカル「シャンソン化粧品ビル建設の発注、君に任せたよ。……ありがとうは？」
スミレ「……あー！　立ち聞き！」
ヒカル「そら、聞こえるわ。紙と木でできた、日本家屋や」
新宿「さて、僕は、お昼を過ぎると体が臭くなるんで、馬場さんとこに帰ろうかな」
ヒカル「大阪、嫌いか？」
スミレ「……」
ヒカル「あ、せめてへんよ。（ものすごくソフトに）せめてへん。お姉ちゃんかて、いやや。大阪の人ってさ、『なになにで、おまんがな』ってゆうやんか。なんやろな、『おまんがな』て。単品で聞くと日本語と思えへんわ。オマンガナ諸島とかな、赤道のあたりにあるで、きっと。『そうでっかいな』、とかな。『でっしょろ』も、きらいや」
スミレ『おまっかいな』『おまっかいな』とかな」
ヒカル「（激怒）『おまっかいな』は、ええがな！　"色っぽいな"、みたいで、ええがな！　ええ

がな！」

新宿「……さ、帰ろうかな」
スミレ「あたしも、帰ろうかな」
ヒカル「あんたの家や！　なんで出て行きたがるん？　あんたの家でぇ、おまんがな！」
スミレ「無理に言わんでも」

突然、ヒトエが神木を部屋に放り込む。

神木「お助け！（手に鋏(はさみ)を持ってる）」
ヒトエ「とうとう捕まえたで！　このチンチン切り魔！　裏の柿の木に登ってましたで！　チンチン切り魔！」
ヒカル「お母ちゃん！」
神木「違います！　僕、ヤング乞食だ！」
スミレ「うちに、あの、お香典くれた人や」
ヒカル「……」
ヒトエ「なにゆうてんねん。カツ子」
スミレ「スミレや」
ヒトエ「スミレ、および、カツ子」

スミレ「カツ子は見たことない!」
ヒカル「17年いて見たことない!」
ヒトエ「その鋏が動かぬ証拠や!」
神木「堪忍してください! 庭の柿を、ちいと失敬しようとしただけです!」
ヒトエ「(ヒカルに)あ、お父ちゃん! 捕まえましたで!」(指を拡げ)このナイトフィーバーで! このジェニファーが!」

　　　　ヒカル、ヒトエを殴る。

ヒトエ「うーん(気絶する)」
ヒカル「(燃え尽きる)」
神木「燃え尽きた」
新宿「……明日のジョー」
ヒカル「……なに一つおうてへん。何一つおうてへんで、お母ちゃん。うち、お父ちゃんちゃうしね、あんたジェニファーちゃうしね、ナイトフィーバーにいたっては、もう、原典すら想像つかんしね」
新宿「ごめん。なに、チンチン切り魔って」
スミレ「うちら、よう覚えてないけど、もう、10年も前にこの辺騒がした、通り魔なんですて」

神木「ちいちゃい男の子のチンチン、鋏で切ってまわった変質者ですわ」
ヒカル「10年も前……（鋏がこっちをむいているので）危ないから」
神木「すんまへん。ていうか、僕も被害者ですねんけど」
ヒカル「え！ チン、あの、きゃ、いや、チン、やん！」
スミレ「チンコ、ないの？」
ヒカル「きゃー！ きゃー！」
新宿「やかましいよ」
神木「（服をめくって腹を見せて）ギリギリでかわしまして。ここ、傷になってまんねん（腹に傷）」
ヒカル「おう、モーレツ！ あんた、傷はともかく、えらい垢やなあ」
スミレ「奥に、あの、お風呂沸いてるから入っておいで」
ヒカル「なんで、昼から沸いてんの」
スミレ「日曜やさかい、お父ちゃんが入る思うてんちゃうやろか……」
ヒカル「（新宿の視線を気にして）被害者は、手厚くあつかわなあ。（神木に）ごめんな、お母ちゃん、お父ちゃん死んでから、ちょっとボケ入ってんねん」
神木「……へえ、ほな、遠慮なく」

神木、奥へ去る。

新宿「さ、僕もおいとましましょうかな。って、何回言ったかな。ははは」
ヒカル「行ったらええ」
スミレ・新宿「え?」
ヒカル「お母ちゃん、うちに押しつけて、東京行ったらいいがな」
スミレ「ちょ、ちょっと待ってよ。おそるべき飛躍がありますよ」
ヒカル「行っちゃえばいいのさ」
スミレ「うちはただ、おもしろくて東京弁を」
ヒカル「人間には2種類あるねん。お祭りする人と、後始末する人。あんたはね、前者や。なんで? 才能あるから。それに、わかってるよ、うち、圧倒的にお父ちゃんとお母ちゃんに贔屓(ひいき)されて育ってん。あんたと違って天真爛漫や。天真爛漫の責任、とらなあかん。いくらあんたが私立行って保険金おりなくてもね。うちは、背負い込むねん……一生ね。……地獄の底までね。蒼木家のモジャモジャをね」
スミレ「うちは、うちは、そんな(何かを聞き、新宿に)隠れて!」
新宿「!」
蝶子「(声)新宿くん、来てる?」
ヒカル「蝶子さんや」

　上半身裸で筋肉ムキムキの蝶子、身体をタオルでパンパン叩きながら隠し通路から入ってくる。

髪の毛に泥がついている。そして左手だけがものすごく巨大化している。

蝶子「いやあ、働いた働いた。扶養家族多いと、大変よ。みんな、鳥の雛みたく、口パクパクしてるから」

ヒカル「ちょ、蝶子さん!」

新宿「裸ですよ」

蝶子「裸だからね」

新宿「秋と裸は関係ないですよ」

蝶子「ちょっとこの辺の筋肉、"秋"って字に似てない?」

スミレ「裸でムキムキですよ」

新宿「半ドン?」

蝶子「万博最終日だからあ、デモ行進で道があれで。ああ、腹減ったー。さっき、橋の欄干のこういうの見てさ、桃かと思ったもの。末期症状だわ。やっぱあれね、土方は偉いわ。あたしら、口で、さんざ日本を変えたいなんて言っちゃあいるけどさあ、真の革命家はね、土方よ。物理的に日本の形を変えてんだから」

新宿「あのー」

蝶子「(奥に)馬場くん、ご飯ご飯。今日は半ドンだし、蒼木家でいただこうよ」

博子「突然ですけど、二役やります。(ヘルメットを被って窓の向こうに) おばちゃん!」

博子は同士1になり、ヘルメットを被った同士2、同士3らと。

蝶子「誰がおばちゃんじゃ!」
同士2「まあ、カレーのにおい」
蝶子「3分間、待つのだぞ」
同士たち「ゲラゲラゲラ」
同士3「蝶子委員長! 同士たち、みんな揃いました!」
同士2「例の難波高校の用務員のおっさん、捕まえてきました」
同士1「糾弾の時間です」
同士3「おっさん、完全にびびってます」
蝶子「うす。食べ終わったら行くから」
同士たち「はい!(去る)」
蝶子「新しい運動の同士よ。近所のガキ集めてね、女の、女による革命運動を、模索中なのよ」
ヒカル「えと、非常に聞きにくいんですけど」
蝶子「なに?」
ヒカル「なんで、左手だけ巨大化してはるんですか?」

蝶子「これはね、潮まねきなのよ」
新宿「潮まねきなのよ、と言われても」
蝶子「毎日4トントラックにさ、オーライ、オーライってやってたら、育っちゃって」
新宿「……すげえや（ジャンプ）」

馬場、トレーにカレーを乗せて登場。
エプロンがウンコまみれだ。

馬場「カレーやカレーや、カレーや！　日頃のご愛顧にお答えして、馬場くんのババカレーやで！　君たちも食べて食べて。記念撮影するから（カメラを出す）」
新宿「いつもすみません（受け取る）」
蝶子「あらあ、テーブル要らずだわ」
スミレ「あの、うち」
馬場「あ、ウンコに気いつけてな」
新宿「え？」
馬場「（笑う）気いつけろ、言われてもなあ」
新宿「どういう意味ですか？」
馬場「どないもこないもないわ。ウンコに気をつけろ。夜道に気をつけろ、みたいな、人間の普

遍的テーマを述べただけじゃ、はよ食え、ドアホ。あれ、お母さん、寝てはるの？」

ヒカル「最近は、寝たり起きたりなんです」

馬場「(ヒトエに) すんまへんな。借りたエプロン汚してもうて」

ヒカル「いいえ。ええ？ (見て) ウンコじゃないのー」

馬場「ウンコで汚したら謝っといたほうがええよね、人として」

新宿「それ……」

スミレ「うち、ごめん、失礼してええかな」

馬場「これ？ ウンコの汚れ。ま、厳密にはカレーもはねてるかな。はよ、食べよー」

スミレ「なんや、エプロンにウンコついてたくらいで」

蝶子「おかわり」

新宿「ほら来たあ、新宿、追い込みかかってるで！」

馬場「すいません、あのー、なんで、カレー作ってて、エプロンにウンコつくんでしょ」

新宿「服についたら汚いからやないかい。僕かて、ウンコが汚いことくらいわかっとるんじゃ。ふん」

ヒカル「……」

馬場「いやいや、エプロンにウンコついてたくらいで」

新宿「いやいや。いやいやいや」

スミレ「(ポケットを探す) あれ？」

新宿「おかしいですよ」
馬場「おかしくないよ。ウンコに触った手でカレーに触ったらあかん思うから、エプロンでふいてんねやないか！」
新宿「その前に、なんでカレー作りながらウンコに触らなきゃならんのですか！」
馬場「そらおまえ、確認作業やないか。このカレーが、やがてこういうウンコになるねんなあ、ゆうて、ああ、触ってもうた、拭き拭き、カレー作ろう、ああ、これがな、こんなウンコになるのかあ、ああ！　触ってもうた、あかん、拭き拭き、ていうローテーションでな。普通のカレーより一手間多いのが、ババカレーや！」
新宿「だから、台所でカレー作ってる横にウンコがスタンバってる意味がわかんないんですよ！」
馬場「誰が台所で作ってるゆうた！　ポットン便所の横に、コンロ持ち込んでやっとんねん！　他のカレーと、一手間違うんや！」
新宿「あーーーもーーーー！」
蝶子「しょうがないよ、この人はさあ、こんなね、あの、感じの人だから。ああ、こんな感じってのは、つまり、キチガイだから」
馬場「って、蝶子さんそれじゃ、俺かっこよすぎるからあ！」
蝶子「ね、キチガイでしょ」
馬場「かいかぶりすぎやあ、蝶子さん」

新宿「……二人別々の視点からぼけられてもね、つっこみきれませんからね!」
蝶子「ぼけてるわけじゃないの。殺すわよ。あたしゃあ、全力で生きてる人間。早稲田の学食を制覇した人間。つか、学食のおばちゃんだった人間」
ヒカル「え? 学生やったん、ちゃうの?」
蝶子「けんちん汁を作っていたよ。でも、この人はね、生きることに、全力で照れてる人間なの」
馬場「やーめーててえ、蝶子さん。もう、写真撮るよ(カメラで撮る)」
蝶子「生きることに照れるってことは、食べることに照れることよ。食べることに照れすぎたとき、人は、なんだか、ウンコ目線になっちゃうものらしいね。スナイパーでいうと、ちょうど照準のところにウンコついてる感じ?」
馬場「ウンコ13(サーティーン)や。俺の背中に、ウンコつけるんじゃねえ」
蝶子「革命的だわ」

　　　　パトカーのサイレン。

蝶子「(とっさに新宿を抱く)」
馬場「……大丈夫や。ホルモンエビスのほうや」
新宿「……馬鹿にしてるんだ」
蝶子「え?」

新宿「お二人はそりゃあね、革命に裏切られたことがないから、そうやって、論理をもてあそぶ余裕があるんですよ。

蝶子「違うよ、新宿くん、もてあそんでない。あんたは、あたしの英雄よ！ 希望の星よ！」

新宿「どうせ、ぼかあね、よど号乗っ取り計画にびびった男ですよ。キム・イルソンと握手しそびれた人間ですよ！ くそ！ 三半規管め！ い、いつか見てろ、でっかいことやってやるからなあ！」

　　　　新宿、隠し通路から去る。

蝶子「新宿くん！（追って去る）」

馬場「……なにが革命に裏切られたや。カッコええ話に、すな」

ヒカル「よ、よど号乗っ取りて、あの？」

馬場「ああ。彼、早稲田の元いた派閥から赤軍に引き抜かれてな、のっとり計画にな、のっとり参加してたんやけどな、高所恐怖症で気圧に弱いねんて。高いとこ行ったら耳キーンてなるらしいねんて」

ヒカル「それで三半規管」

馬場「チキンや」

スミレ「へええ（時計見る）」

ヒカル「気もそぞろやね」
スミレ「う、ううん、すごすぎて、現実味がなくて」

　　　　奥から神木の声。

ヒカル「スミレちゃん、これ探してるんちゃうの?」
神木の声「おおきに」
ヒカル「勝手に使て!」
神木の声「すんまへん。ヤング乞食ですけどな、髭剃りあったんで、使わせてもろてええですか?」

ヒカル、ポケットからセロテープで張り合わせたボロボロの万博チケットを出す。

スミレ「あー!」
ヒカル「女泥棒ヒカル、参上(ポーズ)」

　　　　カーって、水戸黄門のSE。

スミレ「なにぃ?」

ヒカル「スミレ……さんだっけ？　さっきから黙って見てりゃあ、鬼でも笑う猿芝居、乞食にももらった万博の、チケットちまちま貼り合わせ、その最終日まで知らん顔、姉に黙って閉会式を、浮世にまみれて独り占め、うぶな顔して抜け駆けたあ、おいおい、あんたもやるもんだねえ」

馬場「誰やねん」

　　　カーッて、水戸黄門のSE。

ヒカル「とにかく黙っちゃいないよ！」
馬場「何人、待機してんねん」
ヒカル「でもそんな世迷いごとは、この夜桜お銀が、夜狐お千が、夜周り先生が」
馬場「カーってゆうたな」

　　　カーッて、水戸黄門のSE。

馬場「カーッて。また、カーゆうたで」
スミレ「(棒読み)煮るなり焼くなり好きにしやが……」
ヒカル「(遮って)めちゃめちゃ棒読みやがな」
スミレ「(怒)ほな、土下座でもしましょか」

ヒカル「させるかあ！（スミレの膝元に滑り込んで完璧な土下座する）」
スミレ「……えーと、この物体は、どう処理したら」
馬場「あかん、スミレちゃん。君に、土下座してるんちゃうわこれ、このいきおい！　宇宙や、君を突き抜けて、宇宙に土下座してる！」
ヒカル「スミレちゃん！　一生のお願いや！」
馬場「……君に土下座してるで！」
スミレ「なんやの？」

　カーって、水戸黄門のSE。

馬場「ごめん、これ、なんのきっかけで入ってくるシステムやねん！」
ヒカル「うちにこのチケット、くだちゃい！」
スミレ「……お姉ちゃん」
ヒカル「（泣く）行きたかったんやあ。もう、タイツ半分ずりさげてもええか？　ええよね。ああ、この動きにくさに免じて、あの、タイツ、元に戻してええか？　オオチャカ万博、めっさ行きたかったやんやあ。もう、ないねんで！　一生ないねんで！　パビリオーン！　パビリオーン！」
馬場「（激烈なビンタ）落ちつけ」

ヒカル「太陽の塔が見たいねん！　なんでや分からん。あの、太陽の塔のおっさんが、めっさ、見たいねん！」
スミレ「ええよ」
ヒカル「え？」
スミレ「別に、うち」
ヒカル「え、え、ええの？」
スミレ「うん。うちは、タイツ半分下げてまで見たいもん、この世にないし。ようけ見たい人が行ったら、ええやん」
ヒカル「……や、あー、そう、テンション上げちゃって、なんか、空まわり？　いやー」
ヒトエ「(いきなり起きて)あかん！」
スミレ「え？」
ヒカル「お母ちゃん、い、いつから」
ヒトエ「実の姉が、土下座して涙まで流して頼んでるのに、なんやその、『ええよ』の言い方の、あっさり味」
ヒカル「いや、『ええ』て言ってるんですから、ええんちゃうかなあ」
ヒトエ「ヒカルの万博行きたさに対し、スミレのいやいや万博ゆずりました感が足りん！　今の、『ええよ』は、ノーカンや。仕切りなおし」
スミレ・ヒカル「お母ちゃん」

ヒトエ「ほな、あれや。うちが乞食の神木くんをチンチン切り魔と間違うとこから行きまっせ」
ヒカル「そこまで戻る？」

　タオルを腰に巻き、神木現われる。
　髭をそり、別人のようにハンサム。
　なぜか、音楽。

ヒカル「誰？」
神木「ヤング乞食でおま」
スミレ「神木くん？」
神木「神木です。湯上りの体が、ほてります」
ヒカル「あんた、ちょっとなに、べっぴん、いや、でらべっぴん、いや、お、男前やん」
スミレ「聞いたことあるわ。この子、ドングリエビスで伝説の、女形子役やったんて。まさか、信じてなかった、けど」
神木「へえ。5つのときまで、お父ちゃんの劇場で子役やってましてん。チンチン切り魔に襲われて引退しましてんけど」
博子「ここだけの話、おばちゃんはこの日、生まれて初めて、異性にキュンとなったんやそうです」

馬場「(腹を見て)これ、君、チンチン切り魔の傷か?」
神木「はい、そうです。あやうくワヤでしたわ」
馬場「……(触って)はあ、なんとまあこら、ええ風合いの傷になってるがな。チョット、写真とろかな(カメラで神木を撮る)」
ヒトエ「そや!」
馬場「あ、びっくりした!」
ヒトエ「この子にもろたチケットやろ。この子に決めてもろたらええがな」
神木「なにをですねん?」
ヒトエ「どっちが今日、万博に行くのが正しいかのジャッジメントや」
馬場「ああ、そらええアイデアや。おい、こら君、決めんかい」
神木「へえ。わかりました。二人、どちらが不幸ですかいなあ?」
馬場「あ?」
神木「もともと、旦那はんにパンとブドウをもろたお礼です。不幸な人に受けとってもろたほうが、座りがよろしいんちゃいますか?。不幸な乞食からのプレゼントですわ。
馬場「なるほど。おのれら、どっちが不幸や?」
スミレ「そんなん言われても」
ヒカル「なあ」
馬場「ほな、お母さんに決めてもらおか」

ヒトエ「え?」
馬場「あんたがな、二人のこと一番見てきた人やおまへんか」
ヒカル「そうや。お母ちゃん決めて! 知りたいわ。なあ」
ヒトエ「うーん。うーん」
神木「(ヒトエにチケットを渡して)どないやねん」
ヒトエ「カツ子かなあ」
スミレ「カツ子はいいひんて!」
ヒトエ「わかってんのやろ?」
馬場「心では、どっちが不幸かわかってんねやろ?」
ヒトエ「な、なに?」
馬場「その顔はわかってる顔や。わかってて言えへん顔や」
ヒトエ「も……もあ? (ものすごく変わった顔になる)」
馬場「この顔は?」
スミレ「この顔は?」
ヒトエ「この顔は……うーん。この顔にコメントする引き出し、僕にはないわ」
ヒカル「もー! お母ちゃん!」
ヒトエ「ちくしょう! あ、畜生やて、神様、堪忍です。ちゅか、なんで! なんでうちがこんな目にあわな、あかんの? 実の娘二人、どっちが不幸か母親に選択せえて。そんな残酷な話

あるかいな！　残酷でっせ！」
ヒカル「そもそも、お母ちゃんが茶々入れるから、こんなことになったんやで」
ヒトエ「な、なんや。よってたかって、煮たり焼いたりジャスコに行ったり！」
馬場「ジャスコには行ってへん」
ヒトエ「あぁ、それはよかったですね。あんたらの不幸は、うちのせいか！（神木の腹を指差し）帝王切開までして、こっからボーンて産んだのに！」
馬場「テレポテーションかいな？」
ヒトエ「あぁ！　横文字知ってて感動した！　ああ、そうや。どうせ、うちのせいや！」

　　　　ヒトエ、駆け出す。

ヒカル「チケット！　チケット置いてって！　あかん、もうじき、閉会式、始まってまうやん！（追いかける）あ、神木くん、着るもの、あれやったら、しばらく家にいてええからね（去る）」
スミレ「お母ちゃん！（追いかける）」

　　　　間。

馬場「ははは。今日はいろんな大人が走って逃げる日やなあ」

神木「馬場はん、でしたっけ」
馬場「ああ」
神木「人を追い詰めるのは、おもろいですか?」
馬場「あ? ははは。君のせいやで」
神木「へ?」
馬場「これだけやあれへん」
神木「乞食には意味がわかりまへんねんけど」
馬場「これだけやない。この蒼木家の不幸の根っこはな、君にあるねん」
神木「なんですて?」
馬場「君のせいや。ははは（写真を撮る）」
神木「……」

暗転。
闇の中を走っているヒトエ。

博子「おばあちゃんは、走りました。チケット持って、オオチャカの町を走りました」
ヒトエ「神様! 何の試練ですねん。あんたはんをアホほど信じてきたのに。なんで、うちばっかり! うちばっかり!」

博子「走って走って走りまくりました。すすけた商店街を。看板にパチモンおそ松くんのキャラクターが描かれたタコ焼き屋の裏手を、曲がって曲がって走りました。串カツ屋のベタベタした換気扇から出る脂(あぶら)の臭いを浴びて浴びて、走りました。ちりんちりん。どこぞのおかんがドーナツの元でドーナツ揚げてはる。もうかりまっか。ボチボチでんな。おばはん、おっさん、遺伝子を頭の弱い子にしばかれたみたいな雑な模様の犬、蹴散らして蹴散らして、おばあちゃんは走りました」

ヒトエ「あかんで、うち。神様のせいにしたらあかん。自分のせいや。すべては、あのとき、ヒカルを助けてあげられへんやった、あたしのせいや！　あたしの……」

博子「そして、走りすぎてなんや楽しくなってしまいました」

ヒトエ「あたしのせ……♪らーんららーんら、らーん。るっぱー！　ルッパー！」

声「(誰か)強姦魔やー！　捕まえてくださいー！」

ヒトエ「なにをー！　すわ一大事！」

男「わー。堪忍してください！」

ヒトエ「なんや、すわ、って！」

　　男が走ってくる。

ヒトエ、男を追いかけて、うなだれて歩いてくるカクマルとすれ違って、去る。

カクマル「あれ」

別の場所から男を追いかけてヒトエが現われ、男に「タッチ」と言ってチケットを渡す。
スミレが走ってくる。

スミレ「カクマルさん」
カクマル「おっさんを……追いかけてた」
スミレ「おっさん？（追いかけようとして、カクマルが落ち込んでいるので）どないしたん」

ヒカルが走ってくる。

ヒカル「スミレ！ お母ちゃんは？」
スミレ「おっさんを追いかけて行ったて」
ヒカル「おっさん。よし！ わかった！」
スミレ「わかるの？」

ヒカル、走り去る。

間。

カクマル「煙草……持ってるか？」
スミレ「(ポケットから出す)」
カクマル「おおきに。……(吸って)ああ、タールがやさしい。女の煙草やなあ」
スミレ「カクマルさん」
カクマル「オヤジが、刺された(泣く)」
スミレ「ええ？ いきなりやあ！」
カクマル「ホルモンエビスのドブ板筋に、ダイナマンゆうサッシ工場あるやろ」
スミレ「え、ホルモンエビスゆうたら、さっきパトカーが」
カクマル「アルミサッシのダイナマンや。あそこの社長がな、千里ニュータウンの開発でボロ儲けして自家用セスナまで買うたくせに、競艇にはまって、うちのオヤジに、えらい借金してたんや」

ロープでセスナを引っ張ってカクマル父、出てくる。

博子「はい、おなじみ、回想シーンです」

カクマル父「あかんあかん。あんたんとこの小切手なんか信用でけるかい。現金ないなら、このセスナ、差し押さえさせてもらうで」

ダイナマン、出てくる。

ダイナマン「もー、堪忍してえな、カクマルはん！ 免許とって、一回も、飛んでへんがな！ ミナミのホステス乗っけて飛ぶ約束、してんねん！」
カクマル父「分不相応や」
ダイナマン「ダイナマン！」
カクマル父「どの道、借金の重さで、プロペラ回らへんがな。ほれ、セスナのおっちゃんが通るで！ 芋掘ってたら、セスナ出てきたで！」
博子「（子供になって）わあ、めっさかっこええ！ めっさかっこええ！」
カクマル父「（博子がくるので）おー、じょうちゃん、ランドセル持ってるつもりか。なんで、子供を表現するとき、人は手を、こうすんねんやろなあ」
ダイナマン「もー、あんたが持ってたかて、宝の持ち腐れやがな」
カクマル父「わしの兄貴は、ゼロ戦に乗りとうても、乗れずに死んだ。朝鮮人やさかいな。庭に飾ったら、あの世で喜ぶで！」
子供「えへへ。えへへ」

85

子供「乗せて！　乗せて！」

ダイナマン「ダイナマン！」

カクマル父「いちいち、社名を叫ぶな！」

ダイナマン「サブリミナル効果じゃ！　1回や！　とりあえず1回だけ、飛ばさせてみんかい。静止画像のテレビCMでお馴染み、開けてちょーダイナ閉めてちょーダイナのダイナマンが、頭下げとんのやないか……このダイナマン！」

カクマル父（険悪）「……セスナ、飛ばせさ……セスナ飛ばせせ、言いにくいわ、ドアホ！　飛ばさせなんだら、どうするつもりじゃい！」

　　ブリーフ一枚の通り魔が来て、カクマル父を出刃で刺す。

通り魔「通り魔じゃ！（去る）」

カクマル父・ダイナマン「……誰や」

　　カクマル父、倒れる。

ダイナマン「うーん。……ダイナマン」

86

パトカーのサイレン。

博子「以上、回想終わりです」
スミレ「……え!?」
カクマル「幸い、命に別状は（ない）」
スミレ「(遮って)ごめん。ダイナマンの話、いっこも関係なくない!?　通り魔に刺された、ですむ話ちゃうの?」
カクマル「まあな」
スミレ「まあなやなくて」
カクマル「高利貸しの本望は貸した人間に刺されて死ぬときゃ、ゆうのがオヤジの口癖やってん。それが、シャブ中の通り魔て……」
スミレ「うち、もう行くよ。お母ちゃんが」
カクマル「(引き止めるように)オヤジ気落ちしてもうてな、もう、自分なごないから引退するゆうてんねん。僕が後継いだら、君らから金をとりたてることになるねんで。気ぃ重いわ」
スミレ「そんなん言われても」
カクマル「……スミレちゃん……あの、唐突やけどな」

自転車で馬場、走ってきてたまたまカクマルの横に。

カクマル「(馬場に) 僕と結婚してくれへんか」
馬場「まだ、心の準備が」
カクマル「わあ！　なんや、おどれ！」
馬場「(踊る)」
カクマル「踊るな、こら！」
馬場「おどれ、ゆうたから……」
カクマル「(スミレに) あのな、へへ、僕が君と結婚したら、君の借金は僕のもんになるがな。僕が僕の家に行って僕から取り立てたらええがな。おいこら、返せ、僕！　ないわい、僕！　激しい取り立てになるで」
馬場「金に物言わせてんのと変わらんで、それ」
カクマル「ちゃ、ちゃう！　こうなったら、そのなんや、一家の主として、跡取りも必要やし。僕、目ぇ細いから……スミレちゃんとプラスマイナスで」
馬場「わー、いやらしい」
カクマル「合理的な話じゃ！　オ、オヤジの奴、あの面で、ハワイにハーフの隠し子いてんねん。恐るべきことに、僕より年上や。そいつ、アメリカ国籍とって米軍に入ってんねんけどな、おうたことないねんけど、そいつと僕、先に跡継ぎでけたほうにカクマルの看板任す、ゆうてんねん。や、やらしい話ちゃうやろ」

馬場「あのな、ええか」

カクマル「そういう諸事情を含め、あの、僕と」

馬場「この子、生理、まだ来てへんで」

カクマル「ええっ!!」

スミレ「ばばば、馬場さん！　なんてことを！」

馬場「馬場ぁは、なんでも知っている。スミレに、メンスがないことも……」

スミレ「し、知らん！　そんなん知らん！」

博子「ちょ、止めていい？　なんで、そんな個人情報、漏れてんねん、お母ちゃん」

スミレ「日記を、読まれたんや。うぅん、ほんまは読ませた、かな」

博子「え？　え？　わからへん」

スミレ「なんやうち、ここんところ馬場さんの目が、怖くて、女を見る目で見られてる気がしてなあ、そいで、馬場さんが部屋に遊びに来たときに、さりげなくな、見えるところに日記を置いてたんや。馬場さん、性格からいって、絶対読むし。うちがまだ子供や、ゆうことをさりげない温度でわかってもらおうと思って」

博子「（ためいき）ややこしい人やなあ、お母ちゃんゆう人は」

スミレ「でも、葬式の日からあの、来てることはまだ書いてない、（馬場に）いうか、なんで人にゅうの、どーゆー神経？　馬場さん！　馬場さん！」

馬場「君の望んだことやがな。君がヒカルちゃんに気いつことること、みんなにわかってもろた

ほうが、得やん。君の点数がアップするがな。君は……身体も心も、きれーな子や」

スミレ「……ほんまは」

博子「もちろん、ほんまは前の年のクリスマスに始まってはったんです」

スミレ「……お母ちゃん、探さんと！」

　スミレ、走り去る。

馬場「あかーん。ヒトエさん、元女子駅伝の選手やで。追いつけへんよ。自転車使たほうが速いで！　おーい、中村くん！（去る）」

　間。

カクマル「……そんなん、ほんまは関係あらへん。……なんで……普通に大好きで大好きでお守りしたい人ができましたて言えへんねん。僕のアカンタレ。僕なんか、軽い風邪でもひいてまえ（うなだれて去る）」

博子「さてさて、そうこうしてる間に万博の閉会式終了まであと、1時間。カクマルさんが軽いプロポーズを軽く流されてへこんでた頃、ヒカルおばちゃんは、おばあちゃんとおっさんを探して、町中を駆け回っていました」

ヒカル、「おっさーん」と叫びながら、飛び出してくる。

ヒカル「いや、おっさんて！ 探せるかいな。そんなアバウトすぎる情報で！ なんで、どんなおっさんか聞けへんやったんや！ おっさん！ お願いや、返事してください！ あかん、オオチャカ万博終わってまうがな！」

音楽。
スクリーンに、いろんなダメなおっさんの写真が照射される。

ヒカル「ふうぅわああ。おっさんの宝石箱や。なんやもう、おっさん目線で見たら、おっさんで溢れかえってるな、オオチャカいう町は。ワンカップと串カツ片手にどこ行くねん。競馬新聞と赤えんぴつに、どんな未来があるねん。あかんあかん、川にションベンたれたら、幸せが逃げてくよ！ しゃけどしみじみゆうわ、楽そうやなあ。すべての道はきゅーっとおっさんに通じてんねん。世界の消失点の集まる場所に、おっさんは変な咳きしながら回転して浮いてんねん。……え？ ちょっと待って、うち、おっさんに、会いたいんちゃうかもしれへん」

おっさんの写真が、ヒカルのおっさんに変わっていく。

ヒカル「えー？ ちょと待って、なに。うち、おっさんに、なりたいんちゃうかなあ。うちの、存在のこの不細工さの苦しみ。降ってわいた女みたいな、神木くんへのトキメキ。おしゃれへの圧倒的敗北感。それを乗り越えるために必要以上にクリスマスにあこがれてみたりした。ちゅうか、そもそも、なんで、17歳になってケチャってへんねん。でも、そんなんさ、おっさんになれば、スコーン、解決するやん。楽になれるやん。それがわかった。だからこそ、楽したらあかん。自分のなかのおっさんと戦わなあかなん！ そう思ったら、そう思ったら、あたしの中に……ブルースが生まれたんや！」

音楽。ブルースを唄うヒカル。

♪おっさん（ヘイ！）
眠たいあんたを中心に
宇宙は周ってる
おっさん（ヘイ！）
せやのにメガネずれてんのが
あんたのいいところ

ヘイヘイ！　赤いおっさん！
どこからわいて出たねんそして
ヘイヘイ！　パープルのおっさん
どこへいくねん　明日はどこいくねん

ショッキングピンクのおっさん
海老茶色のおっさん
コバルトブルーのおっさん
カメムシ色のおっさん（どんな色やねん）
パステルトーンのおっさん
おっさん！
おっさん！
ちょと、おっさん！
あんたから生まれた
7色の、おっさんのブルース

途中から、自転車に二人乗りして馬場とスミレ。

スミレ「ごめん、大丈夫?」
ヒカル「あ!」
馬場「見事や! ヒカルちゃん! 当たるで、その唄」
ヒカル「や、な、恥ずかしい。見てたん?」
声「捕まえてー!」

　　　男が走ってくる。

ヒカル「なに?」
声「強姦魔や!」

　　　ヒカル、男を通せんぼする。

男「どけ、ガキ!」
ヒカル「ガキとはなにごとぞ!(男を締める)」

　　　同士たち、走ってくる。

同士2「あ！　ヒカル先輩！」
同士3「捕まえて、その人、自己批判の途中で逃げだしてん。びっこの花岡さんをレイプした、難波高校の用務員や」
博子「あ、そやな、（博子に）びっこの花岡さん！」
同士3「そやな、うち？（花岡になる）……（びっこだ）う、うん」
博子「そやな、びっこでイノシシ顔の花岡さん」
同士2「え？（イノシシ顔になって）が、ぐう」
花岡「しゃっきり物申せ！　しゃっきり物申せ！」
同士2「おまえ……びっこやから、イノシシに似てるから、俺しかやってくれる奴おれへん、て、トンちゃん……この人が、ゆうた、かな？」
男「なにゆうてんねん！　同意の上やないかい！　ヤッコ！」
同士3「ひい、怖い！　言葉の暴力やで！（花岡に）……びっこと不細工に同情するふりして、つけこまれたんや、そやな？」
花岡「（あいまいにうなずく）」
同士2「蝶子委員長の言葉を聴け！　へいへい！」
同士3「ほら、うなずいたあ！　へいへい！」
同士2「蝶子委員長の言葉を聴け！　ええか、おっさん、避妊せえへん男は、おしなべてみな、強姦魔や！」
男「そら、乱暴やで！」

ヒカル「せい!」

　　　　ヒカル、男を締め上げる。

花岡「……(牙が生えてる)トンちゃん」
男「ぐうう(男の手から万博のチケットが落ちる)」
ヒカル「あれ」
スミレ「チケット!……なんで、この人」
男「途中で追っかけてきた変なおばはんに、『タッチ』、ゆうて渡されてん」
馬場「ヒトエさんやで。タッチや。途中で女子駅伝思い出したんちゃうかな」
ヒカル「ありえる」
スミレ「お姉ちゃん」
ヒカル「なんや」
スミレ「……ねえ、聞こえへん?」

　　　　音楽。万博のテーマ、マイナートーンで。

アナウンスの声「(遠くで)間もなくオオチャカ万博は閉幕します。どなたも焦らず走らずお急ぎ

スミレ「(地団駄) ああ、終わってまうやん。万博、終わってしまう」

同士3「万博! なにぬるいことゆうてんのあんた! なんのリアリティもない血税の無駄遣いや」

同士2「あんたんちが根のしっかりしたキリスト教でな、左の思想を嫌う家やてのは、よーけ知ってる。せやから、蝶子委員長も、よう誘わへんけども、今、目の前で起こっている社会の動きから目を背けてたらあかん。女子やからてなめられたら、速攻レイプやで!」

間。

ヒカル「(花岡に) あんた、妊娠してるんか」
花岡「……(うなずく)」
ヒカル「スミレ……。行っておいで」
スミレ「え?」
ヒカル「オオチャカ万博より、い、い、今のうちには、目の前のこの子の妊娠の問題のほうが、よっぽどリアルや。なんやねん、この不細工な顔。なあ」
スミレ「あんなに行きたがってたのに」
ヒカル「オオチャカで、いろんなおっさんとセッションして、うち変わってん。うちが変わって

馬場「来たああああ！」

ヒカル「え？」

馬場「いや、なんでもない」

ヒカル「……(同士たちに)みんな、行こ！」

スミレ「お姉ちゃん」

ヒカル「(背中で)しょいこんだるよ。リアルなもじゃもじゃは、うちがしょいこんだろやないの。お母ちゃんのことも、うちに任せたらええがな。逆にフェスティバル的なことは、あんたに任すわ。東京行って、詩を書き、踊り、不思議な笛を吹いたら、ええがな。泣きながら、吹いたらええがな。泣いたりするのは違うと感じながら、吹いたらええがな。私、泣いたりするのは違うと感じてたらええがな。……止めてえな！ その代わり、万博がどう万博万博してたか、しっかり土産話を聞かせておくれ。とくにや、太陽の塔がどんなふうにそそり立ってたんか、よーく、おもしろレポしておくれ。爆笑の渦にまきこんでおくれ」

スミレ「爆笑の渦は自信ないけど」

ヒカル「生半可な気持ちで行ったら、刺すで。刺し違えるで」

スミレ「……」

馬場「(泣いている)」

ヒカル「馬場さん?」
馬場「あ、ごめんごめん。感動してしもて。遠いわ。ニヒリストへの道は。(涙をぬぐって)スミレちゃん。(自転車に)乗り! 後20分や。近道を行こう!」
スミレ「う、うん」
馬場「敵は千里にあり! や!」

　　　馬場とスミレの自転車、走り出す。

博子「初めは革命のおばちゃんて、学研のおばちゃんみたいに言われてた蝶子さんの、名もなき女性問題の勉強会が、ヒカルおばちゃんが加わって『中絶連』と呼ばれる過激な団体に変わっていくのは、もう少し先の話です。一方、馬場さんの自転車は暗く細い路地を幾度も曲がってゴミだらけの臭い通りを幾度も曲がって、場末のチャーミングホテル『エッチスポランド』の屋内駐車場のなかに、ピンクの暖簾(のれん)をくぐって吸い込まれるように入っていったのでした」

　　　『チャーミングホテル・エッチスポランド』のネオン。
　　　室内。電気がつく。ベッドがある。
　　　馬場とスミレが入ってくる。

スミレ「えと、あのね、あと、正味10分しかないねんけど、アホほどひねりのないことゆうよ。ここ、万博ちゃうよね」
馬場「(上着を脱いで)いやいや、そこそこ万博やで。エキスポランドて看板、出てたがな」
スミレ「うぅん、エッキスポランドて書いてあった」
馬場「うん。エッキスポランドや(肩に手をかける)」
スミレ「エッチスポランド」
馬場・スミレ「エッ……キュチュシュポラ……」
馬場「エッチしよう」
スミレ「(その手がだんだん下りてくるので払って)はい。はい。も。もう、10分しかないわ、馬場さん！　いそがな」
馬場「うん。ようするに、無理なんや」
スミレ「あと10分です」
馬場「10分で、万博は見れへん」
スミレ「10分、10分」
馬場「(真似して)10分、10分うるさいなあ！　君は、10分か？　……産まれて10分で死んでしまう、切ない妖精なのか！」
スミレ「レポせな、ほんまに殺される！」
馬場「窓から太陽の塔、見えるで」

馬場「なんだこれは!」

馬場が窓を開けると、太陽の塔のお腹の顔が見える。

スミレ「……た、え? う、う、嘘や」

馬場「なんだ、ばかやろう！（隣の窓を開ける）」

スミレ「わあ、太陽の塔や！（キッと）近すぎません?」

太陽の塔の上の顔が見える。

馬場「わあ、太陽の塔や！（キッと）位置関係、おかしくありません!?」

スミレ「わあ、太陽の塔や！（キッと）位置関係、ありがとう。でも、そんなんゆうたら、僕のチンチンの位置関係もおかしくなってるやんか（スミレの手をおのが股間につっこむ）」

スミレ「エッチ！」

馬場「ここじゃ、そう言わんのじゃ」

スミレ「チャ……チャーミング！」

馬場「（叫ぶ）どうせ、チャーミングなチンチンや！……馬場ツネミチ、京大大学院中退、現在無職、生まれていっこもエッチスポしたことあらへん男や！ どう思う!? 32年間や！ きぼち

わるぅ！」

　ホテルのおばちゃん、サックを持って入ってくる。

おばちゃんA「どないしましてん、どないしましてん。あ、衛生サックおばちゃんだす」
馬場「(無視して)一生に一回でええ。無職でも哲学者や。一回したらわかるねん、チャーミングのすべてが！　そんなん、身内にしか頼めへんがな」
おばちゃんA「したらええがな。ここは、チャーミングしたい若人たちがエンジョイ・オブ・ジョイトイする、コーマン・スクランブルでんがな」
馬場「うん。出てって！」
スミレ「馬場さんには蝶子はんがいてはるやないですか」
おばちゃんA「(スミレを指し)蝶子はんとチャーミングしたらええ。ほい、衛生サック」
スミレ「うち、違うから」
おばちゃんA「違うのや、アホ！　ほい、衛生サック」
馬場「サックは、いらんのじゃ！……なんとなればあの人はな、悲しい病気にかかってるんや。セックスできない病や」
おばちゃんA「うーん。はやり言葉でゆうたら、チャーミングできない病かいなあ」
馬場「いっこもチャーミングちゃうわ！　あの病気はな、実体化した絶望じゃ」

スミレ「どういうこと？」

馬場「僕の好きな人は、早稲田の学食の裏で、アホ学生どもに、りり、りりり、輪姦されたんや」

スミレ「え？」

おばちゃんA「オウ、ネバー・チャーミング……」

馬場「10年前。僕がまだ、京大で人が食べることに関する論文を書いてた頃や。東京の早稲田じゃ、学食のおばちゃんまで学生運動してるらしいで、くらいの興味やってんねんけどな、おうたら、美しすぎるがな、世界中のオトコオンナ？ オンナオトコ？ どっちでもええ、世界中のわけわからん女のなかで、ナンバーワンや。も、瞬殺。ひとめぼれや。研究とラブが渾然一体化した、あれは幸せな時間やった。……でも、その学食の会がな、なんの原因やしらへんけど、学内にあった『すごすぎる自由の会』いう派閥と対立してたんや。男やね。女やね。それを鎮静化させようとして、蝶子さんはな、一人でそいつらのアジトに交渉しに行ってん。そしたらあいつら、女に餓えてたんやろな、アジトで、無防備な蝶子はんを……（泣く）みんなで。くそ、泣くな、ニヒルになれ！ 馬場！」

スミレ「そうやったんや……」

馬場「……アホやなあ、蝶子はん。そん中で唯一蝶子はんをレイプしなんだ男を、いまだに尊敬してるねん。真のフェミニストやて。それが、新宿っちゅう話や」

スミレ「……ああ」

馬場「ただのチキンや。立つもんは立ってたで。せやのにや。蝶子はんは、レイプした男より、

レイプを見過ごした男のほうが罪が重い言いよるねん……愛の罪人、わかるか、それが、ひひ、僕や」

馬場「(ビンタ) なにやっとんねん！ 人の悲しみの横で、プープープー！」

おばちゃんA「いや、悲しみよ、ファンシーになれ！ いう願いをこめたプープーですがな！」

　　おばちゃんB、サックを持って入ってくる。

おばちゃんB「どないしましてん、どないしましてん！」

馬場「あー、もー、(イライラ) なんで増えてんねん！」

おばちゃんB「ただいま増量キャンペーン中でおます」

おばちゃんA「(ふくれっつら) 衛生サックいらんゆうねん、この人。 けっこうチャーミングな気持ちでゆうてんのに」

おばちゃんB「さよか、ほな、(汚いコンドームを出し) 不衛生サックもありますで」

馬場「いらんがな！ ばっちいわ！」

おばちゃんB「耳寄りな情報的に) サックせな、チンチンがチャーミングになりまへんで」

馬場「こんな鬼みたいなサックつけて、どうチャーミングせい、ゆうねん」

おばちゃんA「ほな、せめて、有線入れまひょな。 もちろん、チャーミングな入れ方で」

馬場「入れていらん！　気が散る！」
おばちゃんA・B「もおお、ふん、チャーミングのわからん男やで！（去る）」
馬場「練習したみたいなそろい方、すな！」

　　　　有線放送で『東京』が流れる。

スミレ「ほんまにもう、うちは行かな、危険」
馬場「……（聞いて）なんや、あったらで、ええ感じゃん」

　　　　ヒカルの生き霊、現われる。

ヒカル「スミレー。太陽の塔のレポート、たのむでぇ」
スミレ「うわ、ほれ、お姉ちゃんの生き霊がレポートを欲しているので」
馬場「（泣く）僕は……ただ、指くわえて見てるだけやった。愛してるのに」
スミレ「（切れる）もー、じゃあ、助けなさいよ！」
馬場「僕は、暴力にだけは屈する男や」
スミレ「（同じ調子で）じゃあ、残念でしたね！（行こうと）」
馬場「でも、このまま帰るのは、もっと残念ちゃうかな。お互いに（スミレをベッドに押し倒す）」

105

息が荒い馬場。

スミレ「……馬場さん、暴力です」
馬場「こんなん、甘い。ほんまの暴力は、人間を変えてまうねんで。蝶子さんは、レイプのせいで一生セックスのできひん身体になったんや。それを承知で僕、彼女に交際を申しこんだんや。僕が自分に罰を科す、それが条件でした」
スミレ「ば、罰て、なに?」
ヒカル「レポートーー」
スミレ「生き霊の手前、手短に」
馬場「蝶子さんの件があってな、僕、論文の内容を食事哲学からウンコ哲学に変えてん。食事からウンコて。正直、潔癖症やねん。石橋をゴム手袋で触る男やで。意味わからへん。でも、これ、自分への最大のバイオレンスやねんで。これ見て(ポケットからグシャグシャの紙を出す)あーちゃー、ちょっとウンコついてる」
ヒカル「レポートーーー」
スミレ「ウンコ許すから、まきで!」
馬場「もう少しで完成すんねや。蝶子さんの革命のための研究や。ドーン!」

有線の歌が辺見マリの『経験』に変わる。

馬場「ウンコから爆弾を作る方法を考えてるねん。ウンコ爆弾や。飯で人が生きるなら、排泄で人を殺すのも理にかなってる」
スミレ「ええ?」
馬場「これは発明と違う。排泄と死に関する、ニヒルな哲学や。人が変わること≠暴力であることの学術的証明や。ひひひ。な。ヒカルちゃんが変わったのを見て僕が涙したわけ、わかるやろ（と言いつつ、手は身体をまさぐる）」
博子「馬場さんは、そうゆうてましたが、ほんまは、もっとどえらい罰を蝶子さんに要求されてたんです。そしてそれが、蒼木家の不幸の始まりやったんです」
スミレ「ほんま、やめてください。うち」
馬場「生理、まだやもんな。それがええねん。ノーカンになるさかい」
スミレ「ノーカン?」
馬場「女になってへん女とセックスしても、浮気にカウントされへん」
スミレ「え? え?」
馬場「卑怯やなあ、卑怯やで、君は。読ませたない、言いながら、読ませるような微妙な場所に日記やら小説やら置いてるねんさかい。なんやほれ、やすしくんみたいなおまわりさんやったっけ」

スミレ「ちゃう、やさささすす……ちゃう」
馬場「やさす、やさいすてぃっく」
スミレ「やすしくんでええわ」
博子「蒼木家におるもんで読んでない人間おらんで、自分」
馬場「そやで、それはうちも思う。お母ちゃんは、読ませたいのん？ 読ませたないのん？」
スミレ「ううう、恥ずかしい、けど、読んでほしい。読んでほしい、けど、恥ずかしい。それがグルグル追いかけっこしてる」
博子「ほんまに、ややこしい人やなあ」
スミレ「うちかて、もてあましてるねん」
馬場「でもな、あれはおもろい。東京の出版社の知り合いに紹介してもええで。あれは、秀作や」
スミレ「え？ ま、ほ、ほんま？」
馬場「今、東京は女の書き手を求めてるねん。そして僕は、君を求めてるねん」
博子「とうきょう」
スミレ「にしきのあきらや！」
博子「あかん」

　有線の歌がにしきのあきらの『空に太陽がある限り』に変わる。

ヒカル「リポーートーー!」
博子「レポートがリポートに変わった!」
スミレ「なんで、うちなんですか!」
馬場「ヒカルは無理や! 理由がほしいねん。一生に一回のセックスを君に頼んでるんや。せやないと、僕のチンチンがせっかくこの世に生き残った理由が見つからへんがな(スカートに手を入れる)」
ヒカル「ウェザー・リポーートーー」
博子「変わった! 主旨が変わった! よーし、行くぞう! (馬場を押す)」
馬場「いいことあるでぇー」
ヒカル「リポーートーー!」

闇に響く「リポーートーー」の声。
いろんなところからあえぎ声が聞こえ、サックを持ったおばちゃんたちが「いそがし、いそがし」と駆け回る。

博子「(闇に浮かんで)お母ちゃんは、日記を読ませた手前、どうしても馬場さんに生理始まってることを言い出せないまま、処女を奪われてしもたんです。そしてそのままおごそかに、オチャカ万博は終わってしまいました。その日から、お母ちゃんは万博のリポートを恐れるあ

まり、ヒカルおばちゃんと距離を置くようになりました。そりゃ、避けますわ。万博レポする、ゆうて処女奪われてるんですから。おばちゃんもおばちゃんで、蝶子さん率いる『中絶連』のフェミニズム運動にのめりこんでいかはったんで、それどころやなかったんです。カクマルさんのうちには、ハワイから混血の隠し子が乗り込んでくるし、いろんなことがけたたましく変わるなか、おばあちゃんのボケだけが、深く静かに進行していかはったんでした。なんやかんやで3か月、オオチャカ万博はなんもなかったように着々と解体され、そして、また蒼木家にクリスマスがやってくるのでした」

蒼木家。
いろんなサイズのメモが、あらゆるところに貼りつけてある。病院の電話番号。ゴミ出しの日。
ご飯は一日三度、等々。
女たちによる『インターナショナル』の歌がハナレから聞こえる。
女物の服を着た神木とヒトエ。
ヒトエは、お経のようにびっしり文字の書かれた割烹着を着ている。

神木「思い出してください。もう一回、聞きまっせ。なんで、さっき風呂沸かしに行かはった?」
ヒトエ「お父ちゃんが入るから」
神木「ほんまに?」

ヒトエ「うん。もう会社から帰ってくる時間やねん」
神木「(いきなりひっぱたく)」
ヒトエ「(立ち上がる)なにすんねん。ヤング土人!」
神木「土人ちゃう! 柱、見て!」
ヒトエ「あ、そうやった」
神木「僕にしばかれたら、なにすんでした?」
ヒトエ「ボンボン時計の柱見な、あかんねん」
神木「今日、5回目でっせ。はい、なんてメモが貼ってますか?」
ヒトエ「えー。また、しばかれましたか? ほな割烹着の右袖を見てください。(見る)『うちの旦那は1970年、太陽の塔から落ちて死にました。とてもとても、心のええ人でした』」
神木「誰の字?」
ヒトエ「うちの字。え? なんであんた、女装してんねん? ちゅか、なんでうちにいるねん」
神木「(床をなめる)」
ヒトエ「な、なんや! 病気? どこの国の奇病?」
神木「神木くんがおいしそうに床をなめったら?」
ヒトエ「あ……座布団の裏を見る。(見る)『お母ちゃんへ。ヒカルは学校をやめて外に働きに出ました。その間、神木くんにお母ちゃんの面倒を見てもらうことにしたで』。……ヒカルの字や。『あとは、割烹着の裾を見てください』。(裾を見る)『バイト代替わりに、うちのお古を神木く

神木「んにあげてください。うちにはもう、女物はいらんのです』……」
ヒトエ「あんたがくれたんです。くれたもんは着るのが乞食ですさかい。(袖をしゃぶる)」
神木「いや、これはおいしいからしゃぶってるだけです」
ヒトエ「かわいそうな子やな。このお乳でも、しゃぶるかい？」

　　隠し戸から馬場、登場。

神木「正解」
ヒトエ「(叩きつけるように)ドアホ！」
神木「馬場はんが出てくると？」
馬場「馬場っ」
馬場「(笑)どうしてだ」
ヒトエ「ほな、そろそろ」
神木「どこ行きますの？」
ヒトエ「お風呂を沸かしに」
神木「(手を振り上げる)」
ヒトエ「ひ……あ、柱、見る、で、袖を……しゃぶる？　おいしい！　んなわけないよね。見る。

お父ちゃん……死にました。……とても、心の、心のええ……ひとで……し(泣く)情けない！」

神木「人はみんな死ぬねん。普通のことや。なんも、情けなくない。僕の家族かて、僕が子供の時分に、みんな車のなかでガスにしばかれて、青なって死んだんや。黒なって死んだんや」

ヒトエ「1回やんか」

神木「1回？」

ヒトエ「みんな死んだゆうても、1回や。うちは、死んだてすぐ忘れてまうから。何度も何度も、思い出すたび、また死なれてしまう。この悲しみは本物やのに、忘れてまうたび、嘘になる。もったいないなあ、情けない」

　　　　ドアをノックする音。

ヒトエ「あんたか？　お風呂沸いてまっせ！」

　　　　カクマルとクヒオ、入ってくる。

クヒオ「オー、イッツアソニー」

カクマル「(後ろ手にプレゼントを隠し持っている)見たって、奥さん、僕の義兄弟や。クヒオ言いまんねん」

馬場「ノー。アイアムフリーダム、オウ、ファックオフ、(馬場に)アーユーフルタイム?」

クヒオ「オー、コールミーフリーダム」

馬場「フリーダム」

クヒオ「フリーダム！ アイドンライク、フルタイム、8時6分、ノウ、イソジマン、アリガトゴザマシタ」

馬場「ようわからんけど、なんとなく、早上がりが好きらしいことだけは伝わってくるな」

神木「しかし、おとんによう似てはるなあ」

カクマル「遺伝子の七思議や。昨日、ハワイから来たばっかりですねん。軍隊、フルタイムやさかい、向いてないて」

クヒオ「ノウ、フルタイム、ノウ」

カクマル「取り立ての仕事やりたいらしいねんけど、日本語さっぱりですさかい、奥さん、今日2、3件、通訳頼めまへんやろか」

ヒトエ「まあ、ええけど。どこを取り立てますねん」

カクマル「とりあえず、親父が担当してたダイナマンから、担保のセスナ持って行きますわ。クヒオ、操縦できるそうやさかい」

ヒトエ「それ終わったら?」

カクマル「奥さんち、行きますさかい、今日こそ、馬場くんのハナレな、差し押さえさせてもらいますから」
ヒトエ「うちへの取り立てを、うちが通訳しますのんか?」
カクマル「へえ。僕、良心痛みますよって、クヒオにタッチするかたちで」
ヒトエ「……(英語で)めっちゃ合理的なシステムやおまへんか」
クヒオ「(英語で)そうだろう。まさに画期的だよね」
カクマル「なにゆうてますの?」
クヒオ「キクマサムネ」
カクマル「さよか、行け行け。(神木に小声で)リハビリや。頭の体操」
ヒトエ「ほな、あんた(奥に)、行って来ますわ」

クヒオとヒトエ、去る。

神木「(その背に)……忘れるたびに旦那さん、生き返りますやんか。僕かて、忘れてみたいわ。……忘れられるかい」
カクマル「(出てくる)なんや、センチメンタルやな」
馬場「(出てくる)神木くん。徐々に女化進行中の神木くん。蝶子さん、来てへんか?(なぜかギターを背負っている)」

神木「いえ、こちらには」

馬場「おかしいな。ハナレで集会始めるゆうて、女の子たちワイワイしてんのに。昨日の夜から帰ってけえへんねん」

神木「そういえば見ませんなあ」

馬場「スミレちゃんもいいひんな」

カクマル「なんやねん、あんたもスミレちゃんに用か？」

馬場「まあ、ええわ、神木くんにも話があるねん（封筒を出して）これ」

神木「なんですの？」

馬場「上演許可願いや」

神木「上演許可願い？」

馬場「僕の京大時代の後輩が東京の出版社に勤めててな、そいつに、スミレさんの小説送ったんや」

神木「へえ」

馬場「ほたら、後輩、これ、アバンギャルドやでー、ゆうて、知り合いのな、アングラ劇団の座長に読ませてん」

カクマル「アングラ劇団てなんや」

馬場「知らん。そこの座長がスミレちゃんの小説、芝居にして上演する、言い出してな、それの評判がよかったら、後輩、自分の出版社から本にして出したい言いよるねん」

神木「へえ！　そら、めでたいことで」

馬場「(封筒を叩きつける) その封筒に新幹線の切符、2枚入ってるわ。さっそく会いたいらしいからな、君ら、東京に行っといで！」

神木「2枚？　え？　僕も？」

馬場「♪チッチッチッチッチ……。スーミレちゃんの小説、東京におくっちっち。引け目がいろいろあるからな。せやけどせやけどせやけど、保険で保険で、君の写真も送ったよ」

神木「なんで？」

馬場「なんでなんで、どうしてどうして、後輩ちょっぴりホモだから」

神木「え？」

馬場・カクマル「♪ホーモは泣いちっち。チンコむいて泣いちっち」

神木「ホモちゃう！」

馬場・神木・カクマル「♪さーみしい、ホモはいーやーだよっ！」

神木「のってまった！」

カクマル「あかん！　(封筒を神木から奪う) 乞食とスミレちゃん二人て、あかん、それ！」

神木「なにすんねん！　もらったもんや！」

　　　ドンドンドンと戸を叩く音。

警察の声「けーさつのもんじゃ！　あけえ！」

馬場「え？　け、け、警察？」
神木「へえ、今、あけま」
馬場「あ、あ、あほ！　わし、アナーキストやぞ！　あけま、やないわ！（隠れる）」

黒いコートの警察、入ってくる。

警察「はよ、あけえ、ドアホ。寒いんじゃ！」
神木「僕、この家のもんちゃいます」
警察「貴様、ホモか」
神木「ホモちゃう。乞食だ」
警察「おい、馬場、いるか。自称哲学者ぬかしとる馬場や！」
神木「ここにはいまへん」
警察「そうか。（蝶子の例の筒状のペンダントを出す）これに見覚えあるか？」
神木「あ、それ、蝶子はんの」
カクマル「首にあれしてたやつや」
警察「（写真を出す）映ってるもん、分かるか？　中に入ってたんや。ニンジンみたいなもんに、なんか、筆で字ぃ書いてあるやろ」
神木「愛しい蝶子さんへ、馬場より、これは僕の愛の罰です……あの、これ」

警察「人肉やで。ミイラ化したもんや」
カクマル「人肉。(警察に触る)うわ、バチって!」
警察「なんや」
カクマル「静電気や」
警察「静電気や」
神木「電気、出ますの!?」
カクマル「おい、人肉にびっくりしてくれや!」
警察「電気、やば」
カクマル「人肉のほうがやばいんじゃ!」

間。

警察「(照れる)静電気、そんな、かっこええのか。……静かなくせに攻撃的な感じが、あれなんかな」

暗転。
と同時に博子、現われる。
Zのヘルメットを被った女たちの行進映像。行進する足音。

博子「蝶子さん率いる『中絶連』は、静かに実は、初めから壊れてはったんです。彼女たちは、望まない妊娠をした女の人たちの中絶費用を相手の男から取り立てる運動をやってました。"中ピ連"が、女性の避妊の権利を訴えるものなら、うちらは女性の中絶の自由を勝ち取ろうという理屈でした。ゆうたら、ちょっと無理がありました」

警察に追われ走る書類を持った蝶子。

博子「その、クリスマスの前の夜、蝶子さんは某大手産婦人科に侵入し、カルテを複写してはるところを警察に見つかって、一晩中、大阪の町を逃げていました」

警察1「追いつめたど、こら！ おまえか、カルテ盗んでまわっとる、おばはんは！」

蝶子「離せ！ 離せ！」

警察2「なんじゃ、おまえの腕は！」

蝶子「(警察たちをなぎ倒しながら)この中にはね、男の欲望の犠牲になって、望んでいない妊娠をしている人がいるの！ ああ！ 男は怖い！ 男のセックスは暴力だから！ そして泣くのは女だけだから！ えーんえーん！」

警察1「だめだ、強すぎる！」

蝶子「連れてかないで！ あたしを校舎の裏に連れてかないで！」

警察2「発砲していいですか!」
警察1「助けてくれー」

　　警察2、発砲する。

　　そわそわしている新宿。地下室である。
　　馬場邸地下室。
　　場面、変わる。
　　けたたましいサイレン。

蝶子「……また、レイプかよ」

新宿「落ち着け! 落ち着け、新宿! よど号乗っ取りの汚名挽回のチャンスじゃん! ピンチはチャンスじゃん! 俺たちが望んでいたことが今、現実になっているだけじゃん。衝突なくして革命ならず! 必然だ。これは、必然なんだ、新宿太郎!」

　　ヒカルが走ってくる。

ヒカル「ニュース、見てきた。蝶子さん撃たれて、近くの救急病院から警察病院に搬送されるて、完全黙秘してるらしいけど、ペンダントで身元がばれたゆうてます。どないします。新宿さん」

ヒカル「と、とりあえず、この地下室と通路は見つかってない。ここで、対策を練ろう。練っちゃおう」

新宿「どんな対策を?」

ヒカル「どえらい対策だ」

新宿「ど、すごいなんか、ちょっとした、いや、ぱっとした、いや、ぱっとでの、いや、でっかい対策だ」

博子「蝶子さんは相変わらず地面を掘り進んでいて、馬場邸の地下は『中絶連』のアジトになっていたんです」

ヒカル「新宿さん。覚悟してください。蝶子さんがいなくなったら、あんたが『中絶連』のリーダーや」

新宿「え?」

ヒカル「新宿さん、元日本赤軍やねんやろ。火炎瓶作ってはったんでしょ。エリートです。リーダーの代わりは、あんたしかいてへん!」

新宿「リ、リーダー……」

　　　1970年代の学生運動の喧騒。

ヒカル「リーダー! リーダーの歌を歌ってください!」

新宿「♪リーダーのお腹はポンポコポンポーン」
ヒカル「やめてください!」
同士2「(入ってきて)新しい同士を連れてきました。道頓堀総合病院のカルテから発覚しました。妊娠3か月です。父親の分からない子を身ごもってるそうです。
ヒカル「望まれない妊娠です。リーダー」
新宿「蝶子さんの残した最後の仕事だ。遂行しよう」
ヒカル「わかりました。とおして」

　　間。

　　同士1と2、青ざめたスミレを連れてくる。

スミレ「……」
ヒカル「3か月?」
スミレ「(うなずく)」
ヒカル「生理、まだやったん違うの?」
スミレ「……」
新宿「ス、スミレちゃん……」
ヒカル「……」
スミレ「……」

ヒカル「嘘ついてたんか!」
スミレ「……おええ (ゲロを吐く音)」
ヒカル「……誰とや!」
スミレ「……おええ (ゲロを吐く音)」
ヒカル「ツワリで返事すな!」
同士1「……(破る) カルテの写しです」
ヒカル「(見せる) 嘘ですわ。このこ、妊娠とか言ったら、かっこいいんちゃうかと思ってますの。ネッカチーフか、妊娠か、くらいの気分です。レイプやな!……誰にレイプされたの!?」
スミレ「……レイプちゃう」
ヒカル「ほな、誰や!」
スミレ「うけるわ。誰やか分かって、何かが変わる？ 妊娠は一方通行や。後戻りはできんねん」
新宿「ね、やめちゃわない? 姉妹のやることじゃないよ、こんなの」
スミレ「ははは、ありがとう。ただ、なんとなくや。かっこいい? そうかもしれへんね。女やなんて、かっこ悪いもん。もっとチャーミングになりたいわあ、くらいの理由や。えへへ」
ヒカル「(スミレをひっぱたく) お母ちゃん、泣くで!」
スミレ「(ヒカルをひっぱたく) 泣いても忘れるわ (煙草くわえる)」

ヒカル「(煙草をひったくる) 吸うたらあかん！ 奇形児産まれる！ (ハンカチで汗をぬぐう)」
スミレ「(ハンカチをうばい) 堕ろさせるんちゃうの？ (鳩を出す) 堕ろしたの知ったら、お母ちゃん、ほんまに気い狂うけどな！」
ヒカル「……鳩め。鳩さえ、いなければ」
スミレ「妊娠して、じっと、苦しんでたよ。あんたらに見つかって……実は、ほっとしてるねん。どっちに転んでも、あたしが決めたことやない。あんたらのせいにして生きていけるんですから (泣く)」
ヒカル「……(新宿に) どないしたらええ？ リーダー。リーダー！」
新宿「え？ リリ……？」
ヒカル「リーダーー！」
新宿「うい」
ヒカル「リポートー！」
スミレ「それ、関係ない」
新宿「お、おろ、おろおろ」

馬場「堕ろしたらあかーん！」

両手にウンコを持った馬場と、神木が入ってくる。

音楽。

ヒカル「ば、馬場さん！」
馬場「その子はただの子やない！　哲学が産んだ子や！　ラララ哲学の子や！」
神木「スミレはん、小説が売れたで！　東京行きのチケットもある！　僕と一緒に東京に行きましょう！」
スミレ「え！」
ヒカル「東京……」
新宿「なんでウンコもってるんだよ！」
ヒカル「ええ？」
馬場「このウンコはただのウンコやない！　哲学がたれたウンコや！　近寄るな、爆発するで」
ヒカル「ええ？」
馬場「ウンコの見た目の破壊力を爆発のエネルギーに還元して作られた爆弾や！　題して、説得力1号！　と、2号！」
新宿「嘘つけ！」
馬場「よおし、いくぞお」
ヒカル（叫ぶ）ちょっと待って、待たんかいこらあ！　ふーっ！　ふーっ！　なんでここに馬場さん出てくるねん、流れがおかしいなあ！」

馬場「しもたあ!」

神木「ええ?」

ヒカル「スミレさあ……あえて聞けへんかったけど、万博の閉会式の話してくれる? 東京弁で話してくれちゃう?」

スミレ「なな、ななんで今?」

ヒカル「ええから、こらあ、ぼけえ」

スミレ「え、あの、た、太陽の塔がこう、チャーミングに……おばはんがポット持って、わーってなっちゃって、有線が流れててさあ」

ヒカル「……(行灯<small>あんどん</small>の油をなめるように)あんた……行ってないな。ちょうど3か月前だ。あの日、あんた、馬場さんと何してたんや!」

雷。
おっさん、現われる。

おっさん「なんだそれは!」

ヒカル「おっさんもカンカンや! 妊娠はするわ、神木くんと東京行くわ、勝手もほどほどにしいや!」

ヒカル、スミレにつかみかかろうと。

馬場「神木龍之介!」

神木「(ウンコをちぎって)フルネーム、おおきに!(投げる)」

　　　おっさん、爆発する。

おっさんの声「ウンコは爆発だ!」
馬場「どうや、この世にウンコは汚いという概念がある限り、この爆弾は爆発し続けるねん!」
新宿「そんなもの、どうする気だ!」
馬場「うるさい、偽者。堕ろす堕ろさんは、本物のリーダーに決めてもらおうやないか。蝶子さん奪還作戦や!」

　　　明かりが変わる。

スミレ・博子「奪還作戦て、なんや漫画みたいです。かっこよすぎます。でも、これは、ある時期ある季節、日本にほんまに流れてた、かっこよすぎる空気の話です。そして、夕方になりました」

舞台奥が開いて、ドーンとセスナが現われる。炭酸のきつさが、今風だ
セスナに乗って、オロナミンCを飲んでいるクヒオ。
後からついてくるヒトエ。

クヒオ　（英語で）なんておいしいドリンクなんだ。
ヒトエ　「おいしいと、メガネがずれまっせ」
クヒオ　（英語で）なに？
ヒトエ　「おいしいと、メガネがずれまっせ」
クヒオ　（英語で）おいしさではメガネがずれる理由はないと思う」
ヒトエ　（メガネを押さえて英語で）
クヒオ　「冗談のわからん外人や」
ヒトエ　「はい？」
クヒオ　「しかし、あんたほんまにカクマルはんに似てるわ」
ヒトエ　「ヒトエちゃん」
クヒオ　「え？」
ヒトエ　（カクマル父になっている）またクリスマスが来たなあ」
クヒオ　「……」
ヒトエ　「借金かかえて旦那が死んでも、またあんた一年がんばった、尊敬するで」

ヒトエ「死んでへんがな。なにゆうてんねん」
クヒオ「葬式で一緒に遺体見たがな」
ヒトエ「死んだら保険おりてるわ」

ヒトエの胸のアラームが光る。

クヒオ（英語で）君はロボットか？（オロナミンCを落とす）」
ヒトエ「(拾う)」
クヒオ「ドモアリガット、ミスタ、ロボット」
ヒトエ「パパつっこみ機や！　バージョンアップしてんねん。ツートントン電波飛んで、ここが発光ダイオードでな、光るようしてまんねや。お父ちゃらパパがうちであれにつっこまれたんや！　で、電話！　電話！」

ヒトエ、公衆電話を見つけて電話をする。
武装したヒカル、神木、馬場、新宿の4人が客席通路を通る。

ヒカル「……こっちゃ！　お母ちゃん、電話してる！」

ヒトエ「もしもし！　誰か出て！」

青ざめたスミレ、別の場所に電話を持って出てくる。

スミレ「……もしもし」
ヒトエ「もしもし。お母ちゃんか」
スミレ「パパつっこみ機、いごいたんか！」
ヒトエ「うん。……動いたよ。凄く」
スミレ「パパ、帰って来たのんか？」
ヒトエ「残念ながら、帰って来てへんよ。死んでるし」
スミレ「……うそん！」
ヒトエ「その代わりな、命が一つ、増えるかも知れん」
スミレ「どういうことやねん」
ヒトエ「うちな、妊娠してん」
スミレ「うちな、妊娠してん」
ヒトエ「ええ？」
スミレ「万博、見に行った日に、妊娠してん」
ヒトエ「よかったがな！」

4人、去る。

スミレ「ええのかな」
ヒトエ「うちは女系やから、女やな。名前は、万博からとったらええ。万博の万の子や。万子に しいや」
スミレ「万子は、字で書いたらまずいんちゃうかな」
ヒトエ「ほな、パクのほうで、博子は？」
スミレ「博子にする」
博子「ああ、あぶな。危機一髪でした」
スミレ「相手が誰とか、気にならへんの？」
ヒトエ「あ！ そうや！ 誰や、あほんだら！」

　　　　スミレ、倒れる。

ヒトエ「もしもし！ もしもし！」

　　　　カクマル、プレゼントを持って現われる。

カクマル「スミレちゃん！」
スミレ「具合が……悪い」

カクマル「(支える)大丈夫か」
スミレ「具合悪い、ゆうてんねん」

　　　　カクマル、プレゼントと封筒を落とす。

スミレ「なに、これ、カクマルさん」
カクマル「いや、あの、プレ、プレゼントや。しょうもないもんやけど」
スミレ「(グシャとプレゼントを踏み、封筒を見て)これ……東京？(気絶する)」
カクマル「おい！　どないしたんや」

　　　　カクマル、スミレを連れ去る。

ヒトエ「……スミレが、誰の子かわからん子を」
クヒオ「(父になって)やいやい言いな、ヒトエ。神様の授かりもんやないか。初孫やで」
ヒトエ「もう、あんたは、いつもそうやって、ものごと簡単に考えて。ややこしいこと全部あたしに押しつけて。お父ちゃん！」
クヒオ「(英語で)え？」
ヒトエ「やっぱ、生きてたんやなあ」

クヒオ「クリスマスやで。君とデートせな、あかんがな。年に一度のデートやで」
ヒトエ「デートはええけど、あんたが建てたハナレな。とうとう持ってかれますで。うちも、とうとう限界——」
クヒオ「まあ、あれは初めから無理あったからな。ヒカルの嫁入りのため、ゆうて買うたけど、そもそもヒカル、嫁入りできる身体やなかったさけえな」
ヒトエ「あの子、男やったからなあ」
クヒオ「あのハナレは、借金やないで。わしらの意地や」
ヒトエ「我が意地に、ずーっと首絞められてたんですなあ」

　　　　　武装したヒカル、馬場、新宿、神木、出てくる。

ヒカル「それ、あとじゃ。男て、どういうこと、お母ちゃん！」
馬場「それあとじゃ。わー！　手ぇあげえ！　ウンコ爆弾や！」

　　　　　神木、ウンコを少し投げる。爆発。

クヒオ「（英語で）なに、なに？　これ、なにごと？」
新宿「（拡声器で）ド、ドングリエビス近隣のみなさん、当機は、たった今より我々、『中絶連』が乗っ

ヒカル「取った！ くう！ これ言いたかった！」
馬場「それ、あとにせーへん、お母ちゃん！」
ヒカル「うちが男で、どういうこと」
新宿「もう、革命、始まってるから」
ヒカル「始められへんわ！ 今の聞き流したら、いっこも始められへんわ！ 男て、なに？」
神木「すんまへん！ 僕のせいだ！ （土下座する）」
馬場「どあほ！ なにしてんねん、君が土下座したら僕も土下座せなならんやないかい！ （土下座）」
新宿「え？ じゃあ、なりゆきじょう、僕も、かな（土下座）」
ヒトエ「あかんがな！ 一番土下座するのは、うちや！ （土下座）」
クヒオ「……オウ、エキゾチックジャパン。ノーモア、ヒロシマ（土下座）」
ヒカル「なんやねん、これ！」

　　　土下座が並ぶ。

　パトカーのサイレン、遠くに。

新宿「ああ、け、警察、来た。人生初警察だよお」
神木「この間、思い出しましてん。僕が、チン切り魔にちくったんです！」
ヒカル「チン切り魔？」
馬場「もう、ハナレに住めへんし、潮時や。ええわ。それ、僕や。ごめーんね」
ヒカル「え？　あんたやったんかいな」
神木「子供の頃、夕方でした、チン切り魔に襲われて、堪忍してください、ゆうたんです。僕、今でも充分不幸ですさかい、もっと幸せな男の子のチンチン切ってください、ゆうたんです。僕、親子で手えつないで教会に行く蒼木さん見てたから、（泣く）あそこの子が幸せですって。親も神様もついてる、町一番幸せな子です、て、ちくったんです！」
ヒカル「ほんまかいな。あんた、ようゆうてくれたなあ！」
神木「え？」
ヒトエ「手に書いとこ、書いとこ。町一番幸せ。忘れへんで、なあ、お父ちゃん」

　　　　神木、手を振り上げる。

ヒトエ「あ！　柱、見る！……柱、ない。なあ、お父ちゃん」
神木「しもた」

馬場「それで僕、幸せならええかなあ思って、君のチンチンを、さくっと切ってん」
ヒカル「ちょっと待って。……待ってえな」

遠くに、おっさんのシルエット。

おっさんの声「なんだ、おれは」
ヒカル「なんだおれは？」
おっさんの声「チンチン切られちゃったんだ、おれは」
ヒカル「……おっさん。なに？ おっさんは、あたしなの？ あたしだったの？ なんだ、それは！」
馬場「気づいてたんや。君の行く道がおっさんであることに君は気づいたんや。自力で、君はおっさんを取り戻したんや！ おっさんのブルース唄(うと)たときに、わかってたで。おっさんのブルース」
ヒカル「チ、チンチン？」
新宿「違う。太陽の塔だ、あのへんは万博の跡地だから」
ヒカル「聞こえる。あれはそそり立ったブルースや！ チンチンのブルースや！」

おっさんのシルエット、太陽の塔のシルエットに変わる。

137

ヒトエ「チンチン切られて不憫でな、女として育てたんや。どこまでごまかせるねんいう疑問と同時進行やったけどな、あんたのためにな、まとまったお金を借りてな、ハナレ建てて、あんた、ようけ大事にしたで」

　　　パトカーの音、近づく。

馬場「愛のためやがな！」
ヒカル「ちゅうかさあ！　ちゅうかさあ！　なんで、なんで他人(ひと)のチンチン切るの！」

　　　雪。
　　　車が到着し、バラバラと人々が降りる音。

ヒカル「あ、愛？」
新宿「だめだ！　囲まれた！　馬場さん！」
馬場「神木龍之介！」
メガホンの声「君たちは完全に包囲されている」
新宿「来たあ！　初、完全に包囲されている」

神木、馬場にメガホンを渡し、咽喉をポンポン叩く。

馬場「ワレワレハ宇宙人……ポンポンしなさんな。……大阪警察の諸君！ わしの手にあるもんが見えるな。ウンコや！ 怖いやろ！ 我々『中絶連』は、おばはんと、変な外人E・H・エリックを人質に、このセスナを乗っ取った！」

新宿「(クヒオに) 乗れ！」

クヒオ「？」

ヒトエ「(英語で) 乗れ、ゆうてますで」

　　　クヒオ、セスナに乗る。

馬場「我々は、同士、馬場蝶子の警察病院からの解放を要求する。30分以内に解放しない場合は、このセスナに搭載したウンコ爆弾によって我々は、ええと、そうや、どこ攻撃するか決めてなかった」

ヒカル「太陽の塔や！」

馬場「え？」

ヒカル「太陽の塔を爆撃する！」

馬場「太陽の塔を爆撃する！ えー！」

メガホンの声「馬場蝶子は脳に被弾し、植物人間になった。身体に管、もっさついてるねん！」
馬場「なんやと！」
メガホンの声「解放したら、死んでまうねん！」
馬場「あ、アホ抜かせ！」
メガホンの声「せやからはよ、解散して小便して、寝え！　餓鬼ども！」
ヒカル「太陽の塔は爆破する」
新宿「ヒカルちゃん。でも、もう、理由が」
ヒカル「もう、交換条件やない。復讐や！　蝶子さんは男根の犠牲者や。せやから、あそこに見える大阪のチンチンを、いや、ブルースを木っ端微塵にする。それが『中絶連』の本懐じゃ、われえ！」
新宿「（泣く）おっさんになってる！」
ヒカル「おっさんがおっさんを破壊するんが、革命じゃ！」

　　　ヒトエと神木、セスナに乗る。

ヒカル「なんで、お母ちゃん、乗ってんの？」
ヒトエ「うちのゆうことしか、この人わからんもん。（英語で）飛行準備、お願いします」
クヒオ「フリーダム！」

ヒカル「神木くんは？」
神木「僕がいいひんと、この人、なんでも忘れてしまいますから」
新宿「くそぉ、3人乗りか。3人乗りめ！」
ヒカル「あんたら、革命と関係ないがな！」

プロペラが回転しはじめる。

メガホンの声「君たち危険や！　飛んだらあかん！　発砲するぞ！」
馬場「来るな！　爆発さすぞ！」
メガホンの声「ウンコやないか！　アホゆうてると、催涙弾撃つぞ！」
馬場「ちくしょおお！　蝶子はああん！」
新宿「まずい、馬場のやつ自爆するつもりだ！　逃げるぞ、ヒカルちゃん！」
ヒカル「でも！」
馬場「おまえらは、わしの哲学の巻き添えじゃーー！」
メガホンの声「撃てーー！」

催涙弾の発射音。
セスナ、飛び立つ。

新宿、ヒカルを連れて飛び去る。

馬場、叫びながらウンコを地面に叩きつける。

催涙弾の煙。

馬場「……べちゃって……。ドーン言わんで、べちゃあゆうたがな。爆発しいひん。……ウンコの汚さより、僕の悲しさのほうが勝ったんやな。（手についたウンコを見て）まったく汚なないわ。（咳き）……拍手せんかい。ウンコのきちゃなさを、愛の悲しみが上回った歴史的瞬間やないか。（ぼろ泣き）なんで催涙弾なんか撃つんや。意味がにごるわ。自力で泣きたいがな。……拍手せんかい！」

セスナ上昇し、新幹線の走行音。

新幹線に乗っているカクマルとスミレと博子。

メイクで神木に顔を似せようとしているカクマル。

カクマル「……どやろか、神木くんに見えるかな。ホモの編集者にばれへんかな」

スミレ（虚ろに）ああ、そっくりや。見分けつかへん」

カクマル「さっき静岡越えた、もう東京や。これからが大変や。へへ。窓の外見て、スミレちゃん。今年もホワイトクリスマスやで」

146

スミレ「みんな心配してるかな」
カクマル「僕が断りいれとくさけ、大丈夫や。どやされるのは、僕でええ」
博子「お母ちゃん」
スミレ「なに？」
博子「ほんまはうち、流産やねんやろ」
スミレ「産んだよ」
博子「産んだがな」
スミレ「嘘や」
博子「パパつっこみ機にお腹殴られて、流産したんや。うちは、ぽあああってなったんや」
スミレ「うちが嘘ついて、できた子や。外に出たのは確かや。3か月やけど。嘘でも生きてた。嘘のままでいてよ」
博子「しゃあないなあ。ほな、お母ちゃんもきちんと、嘘つき続けてよ」
スミレ「ついてるから、あんた、ここにいるねん。……カクマルさん」
カクマル「ん？」
スミレ「うち、東京行ったら劇団に入るわ。やさしすぎるおまわりさんは、まあ、とっかかりや。あたし、舞台で女優やりながら文章書くねん。新宿ゴールデン街のバイトと舞台と文章やから、大変や。チケット買ってくれる客と、はずみで寝たりするんかな。その大変さに流されて、劇団の座長とねんごろになるねんな。ほいで、そこの主演女優と看板の座を奪い合いになって、

追い出されるんや。でも、バイト先で知り合いの紹介で小さな出版社に、昔女優やってたスミレちゃんでーす、とか、言われてもぐりこんでもええわ。それから外国とか放浪してもええわ。最終的には、そこで、自費出版で小説、出すねん。博子て女の子の物語や。生まれ損なって、それでも生きる女の子の物語や」

カクマル「ごめん。君は、なにをゆうてんの？」

スミレ「……嘘でも生きる……女の子の物語や（寝る）」

カクマル「……寝たらええ。この先、大変やねんから。………（苦しい）僕との未来はいっこも語られてへんのやな（鬘を投げる）」

クリスマスの音楽。
スライドで、さまざまな太陽の塔と、その周りを飛んでいるセスナの写真。

ヒトエの声「あれぇ？　なんでうちら、空飛んでますのんかいな」
神木の声「太陽の塔、爆撃するためですわ」
ヒトエの声「どうやって？」
神木の声「爆弾もらうの、忘れましてん」
ヒトエの声「ほな、爆撃できまへんがな」
神木の声「どないします」

144

クヒオの声「(夫になり)せっかくクリスマスにセスナ乗ってんねん。久々のデートや。遠くにいこか」

ヒトエの声「ほな、わがままゆうてよろしか？ うち、靖国神社に行きたい」

神木の声「靖国神社？」

ヒトエの声「よその神様のところで、うちのお父ちゃん、窮屈な思いしてはるんやないか思うてな、空からこう、かきまぜたるねん。こうやって、靖国神社かきまぜたるねん」

クヒオの声「そら、ええアイデアや。靖国いこ！」

神木の声「ほな、地図見ますわ」

クヒオの声「オウ、テリブル」

ヒトエの声「ああ、なるほど、神木くん」

神木の声「なんですの？」

ヒトエの声「あんた、あれやな、神様やったんやな」

神木の声「神木です」

ヒトエの声「ええ位置に、入りましたで。いつもあんた前にいるから、後ろがいいわ。うしろでモアァァァてしてくれてる感じが、ええわ。あんじょう、ナビゲーションしておくれや」

クヒオの声「へえ、でもガソリンもちますかいな」

神木の声「(夫で)久しぶりのデートや。いけるところまで、いこやないか」

ヒトエの声「神様にひかれて神社にいけるなんて、はあ、うちは町一番の幸せものや！」

セスナが飛んでいく音。
舞台の端にはいくつか鏡台があって、その前で俳優たちはおのおの老けメイクをしている。

博子「それから、いろいろあって20年がすぎました。20年て。いろいろありすぎて、全部は語りきれませんが、たとえば、カクマルさんは案の定、編集者に門前払いを食らって、泣きの涙で大阪に帰りました。帰って働いて、働いてもがき苦しんで働いて20年、東京で鳴かず売れずのお母ちゃんのために、蒼木家から差し押さえたハナレのアジトを劇場に改築しはったんです。ヒカルおばちゃんに嘘つくために建てられたハナレに、劇場を建てたんですから、嘘の2階建てです。その名も『スミレ座』。その柿落としに、小さなライブハウスを回ってブルースを唄ってたヒカルおばちゃんが呼ばれました。そして、呼んだその日に……」

カクマル「(SUMILE座の看板を持って)やったあ！ わしがバラバラにした蒼木家が、やっと、ここに集まるでぇ！」

博子「阪神大震災が起きたんです」

轟音。
カクマル、一気にボロボロに。

カクマル「(ボロボロの看板を持って) も、も、もう20年働きゃええやんけ！(半泣きだ) 蒼木ヒカル路上ライブや！」

カクマルの持った看板はUが落ちて、SMILE座になっている。
夕方。
瓦礫の町。
ところどころから煙。
背後に、太陽の塔。
ジェンダー蒼木路上ライブの看板。
マイクを持ったヒカル。
ギターを弾いている初老の馬場。
ブルースハープを吹いている新宿。
車椅子でタンバリンを叩いている、呼吸器をつけた蝶子。
みんな原始人のようにボロボロで、いい歳だ。

ヒカル「(唄っている。すでに、サビである) ♪太陽の塔にファックされたいやんか〜」

馬場「♪なんのこっちゃそりゃあ！」

ヒカル「♪そそり立ってるから、ファックされたいやんか〜」
馬場「♪再び、なんのこっちゃそりゃあ！」
ヒカル「♪太陽の塔をファックしたいやんか〜」
馬場「♪どうやってやそりゃあ！」
ヒカル「♪穴が空いてるから、ファックしたいねんか」
馬場「♪三度目のなんのこっちゃそりゃあ！」
ヒカル「♪したいやんか。されたいやんか。したい、されたい、したい、されたい（急に台詞になって）って、わけわからんことゆうてます？ だって、太陽の塔って、あれな、ああ見えて、筒型やねん。地震なーんも関係あらへんみたいな顔して、建ってはるけど、中、すっからかんなんですわ。だから、こう、あんたが女やったらファックされることもできるしい、中使って、ちょっとぬくうしてな、男やったら、ええ按配でファックすることもできるしねい。って、堪忍ね、教育上よろしくないね！ もー、最近、お客さんの年齢層がぐーん上がって、子連れの人増えてきてね、ほんま。えー、うちら、ジェンダー蒼木と」
馬場・新宿「ザ・レイプス」
蝶子「（首に呼吸器）あああ！」
ヒカル「ザ・レイプスああぁ！ までがバンド名です。頼みまっせ、ほんま、うちもね、立ち位置びみょ〜、おばはんの芸風やしね、おばはんちゅかね、微妙におじちゃんちゅかね、それでもおばちゃんにしがみついていたい、ちゅかね、しがみつきたさにしがみついていたい、ちゅ

馬場「かね、そのへんはもう、勉強してえな！（ふくれる）」

ヒカル「かわいい！」

馬場「やかましわ！ この、やかまし村の村長！ 誰のせいでわたし、おばはんみたいなおっさんみたいな、どっちつかずな生き物になってんねん。ちゅて、ねえ」

ヒカル「はーい、僕です。蝶子さんに、チンチン切ってプレゼントしてくれたら結婚したる言われてな、でも怖いもん！ 自分の切る勇気なくてな、そいでつい、子供やあ、思ってチョンと、切ってもうてんな」

馬場「ひどいでしょー、この人」

馬場「その代わり、君らが道を踏み外さんように、君んちに下宿して、つかず離れず見守ってたんやがな」

ヒカル「それが、あげくにこのざまじゃ」

馬場「堪忍ちゃん」

ヒカル「ほんまにそやから、太陽の塔は……♪どっちつかずのあんたみたいやで！」

馬場「♪なんのこっちゃそりゃあ！」

　　　馬場、エンディングを弾く。

ヒカル「以上、人類のチンポと昭和、太陽の塔のバラードでした」

パラパラと拍手。

ヒカル「拍手すくな!」
新宿「リアルやなあ」
ヒカル「……それではメンバー紹介です。ギターと、なんのこっちゃ担当、馬場くん」
馬場「どうも、平日は百姓やってます。有機農業だ。ウンコと食べ物、やっと結びつきましたわ、はい。昔からある、っちゅうねん」
ヒカル「ブルースハープ担当。新宿くん」
新宿「課長補佐ですねん」
ヒカル「まあ、しっかり公務員と大阪弁も板についてきました」
新宿「おおきに」
ヒカル「で、タンバリンと呼吸音担当、蝶子さん!」
蝶子「シュー、シュー」
馬場「呼吸音だけ、ちゃう! ときどき喋りはるねん(涎(よだれ)をふいてやる)」
ヒカル「はいはい、最後にボーカル。ジェンダー蒼木!」
ヒカル「と」
ヒカル・馬場・新宿「ザ・レイプス」

蝶子「ああぁ!」

ヒカル「でした」

　　　警官が現れる。

警官「ああ、もう終わってしまいましたで、ライブ」

　　　ボロボロのスミレが歩いてくる。
　　　招待状を持っている。

カクマル「……あ」

スミレ「(拍手)最後だけ見れたわ」

ヒカル「なんや、スミレ、遅いがな」

スミレ「そないゆうても、道があらへん。このおまわりさんに助けられて、ようやくやで。……あんたも怪我してはるのに、やさしいな」

警官「あ、(舞台の)ここ、はげてるから、あとで、塗ったほうがええ」

スミレ「やさしすぎるな」

警官「それが……たまに瑕や(去る)」

151

カクマル「スミレちゃん！　スミレ座や！」
スミレ「……スマイル座や……」
カクマル「あ！」
スミレ「ええやん。笑うてなしゃあないんやさかい」

次第に夜に。
スミレとヒカル。

スミレ「あのな、イヒヒ。これ、小説、出してん。博子ゆう女の子が主人公やねん。よかったら読んで」
スミレ「自費出版や」

　スミレ、道で拾った適当なものをみんなに配る。
　みんな、捨てる。

ヒカル「ボロボロやがな」

スミレ「あんたもボロボロや。えらいことになったなあ」
ヒカル「お母ちゃん、生きてて、このオオチャカ見たら、なんてゆうかな」
スミレ「死んだとは限らんで」
ヒカル「なにゆうてんねん」
スミレ「人が死んだことも忘れる人や。自分が死んでもすぐ忘れるて、ポカーンてしてるで、あの人」
ヒカル「アンコールゆうて」
スミレ「え？」
ヒカル「アンコールゆうてえな。あんたしか、いいひん」
スミレ「……アンコールや」
カクマル「アンコールや！」
馬場「よっしゃ、ほな、あれいこ」

　♪想像してみいひんか

　ヒカル、唄いだす（『イマジン』のメロディーで）。
　星空のなか、セスナが飛んでいる。
　ヒトエと神木とクヒオが乗っている。

蝶子「うーううう」

　家もなんものうなって
　着るもんものうなって
　わしらウンコとなんぼちゃうねん
　立ってるだけで

蝶子「うーーーううう」

　クチでもの食べるのと
　おいどから出すのと
　神さんの目えからしたら
　どんだけちゃうっちゅうねん

　まとまったお金ほしいな
　リアルな話
　まとまったお金があれば
　唄(うと)てられるから

ヒカル「お金ちょうだい！」
スミレ・ヒトエ「お金ちょうだい！」
蝶子「オカネチョウダイ。あ、喋った！」
博子「おしまいです」

暗転。

完

あとがき

ご存知のように浅学なわたしであるが、仮にも劇作家の肩書きを持つ以上、考えていかなければならないのは言葉まわりのあれこれだろうと思うし、それについてここで書きたいのだが、それとは別に、考えたくないのに考えてしまうのは、今現在非常に歯が痛いのであって、今日中に俺は歯医者に行けるのかなあという切実な私情である。

言葉という鋭く微妙な問題を語ろうとしているのに、それを上回って歯が痛い。歯痛のことなど、できれば無視したいものだが、親知らずの痛みの存在感は、親知らずどころか天井知らずであり、痛さに名前をあえてつけるなら、団十郎、あるいはゴンザレス、それくらいの重量感でもってわたしの前に仁王立ちしておるのである。

自分の気持ちに誠実であれば、今、もっとも語らなければならないのは歯痛の話であると思うが、悲しいかな、これは戯曲のあとがきであって、歯とはまったく関係ないし、歯が痛いという話題だけで与えられた枚数を消化できる自信もない。

考えてみれば不幸な話だ。

自由に憧れてこの職業を選んだのに、今目の前にたちはだかっているのは、きわめて純度の高い不自由なのである。書きたいことを書けない。いやさ書いたとしてもそれは書いてもしょうがない。というか、歯医者に行きたい。

こんなとき不遜にも考えるのは、

「言葉なんてなくなっちまえばいいのに!」

という、小学生でも言わないようなわがままである。

劇中でも書いたが、「グラスの底に顔があってもいいじゃないか」という乱暴な発想は画家ならではのものだろう。いや、画家のなかでもかなり大人気ない人の発想だ。いや、岡本太郎だけの発想だ。

だが、わたしたちは30年も前のあの言葉によって、グラスという言葉にまとわりつく「きれい」とか「液体を注ぐもの」とか「落としたら危険」といった定義で、グラスという物体の本来の実力を貧相なものにしていた事実を思い知ったものだった。

わたしだって、心を大人気なくすれば思うところはある。

「グラスの底にまたグラスがあってもいいじゃないか」
「グラスの底にバイオハザードのインクリボンがあってもいいじゃないか」
「グラスの底にムーミン谷があってもいいじゃないか」
「おらたちの村が、今じゃグラスの底だ」
「グラスにそもそも底なんかなくてもいいじゃないか」
「グラスの底に満州の真っ赤な夕日が沈んでもいいじゃないか」
「グラスのことを義雄と呼んでもいいじゃないか」

こうして、グラスの可能性は無限の拡がりを持つのである。

ごめん。屁理屈である。

こうして言葉にして語っている以上、グラスの可能性をいくら拡げても、それも、やはり語った端から言葉の有限性に閉じ込められていくばかりなのである。

パントマイム。

絵とパントマイムであとがきを書くことができれば、言葉の問題と歯痛の問題を、同時に表現することも可能かもしれないのに。

それよりパントマイムの公演をやれば戯曲なんて書かなくてすむのに。

そしたら飯の食い上げじゃないか!

もちろん、言葉によって幸せになることはある。美しい女優に「松尾さんの台詞が好きなんです」と言われれば、多少なりとも、この仕事をやっててよかったと思う。しかし、こうも思う。もし、この世に言葉がなかったら、女優はどんな方法でわたしをほめてくれるのだろうか。もしかしたら、オッパイの片方くらいは見せてくれるのではないか。

夢は拡がるばかりだ。

そして、いつも着地するのは、戯曲ですべてを語っているつもりなのに、あとがきを要求される不幸なのである。

ああ、ノートパソコンを閉じ、歯医者に行きたい。

と、何度も書いているが、ほんとは、歯医者に行きたい。歯医者になんかビタ一文行きたくない。誰があんなウィーンって言ってるところに行きたいか。ウィーンには行ってみたいが、ウィーンと言っているところには誰しも行きたくないと思う。しかし、歯医者に行かねば取り返しのつかないことになるのはわかりきっている。

しょせん、わがままな生き物なのである。

言葉によって多くの幸せを手に入れておきながら、言葉の不幸を語りたがる。

本書に出てくるスミレには、そんな物語をしょってもらった。わたしが言葉に対して常日頃いだく信頼感と不信感、そしてそのはかなさを、彼女の人生を通じて感じていただければ幸いである。

そして、今まで歯医者に行きたくないとか行きたいとか、書いていたが、実を言うと今日の今日、わたしはぎっくり腰になってしまい、もはや、行く行かないじゃなく、動けない、というか、もう、ほんとうに、どうしていいかわからないのが本音で、これは、言葉の問題でももはやなく、人類はなぜ、立ってしまったのかという、さらに根源的な問題へとわたしをいざないつつあるのだった。

二〇〇六年四月

松尾スズキ

本書は第二刷にあたり実際の上演台本に即して加筆訂正がなされました。

上演記録

「まとまったお金の唄」(作・演出:松尾スズキ)

２００６年５月４日(木)〜５月２８日(日)　於:下北沢本多劇場
５月３１日(水)〜６月７日(水)　於:大阪厚生年金会館芸術ホール

キャスト
蒼木ヒトエ＝荒川良々
蒼木ヒカル＝阿部サダヲ
蒼木スミレ＝市川実和子
馬場＝宮藤官九郎
蝶子＝伊勢志摩
新宿・安西・通り魔・強姦魔＝菅原永二
神木＝内田滋
カクマル父・クヒオ・おばちゃんA＝村杉蝉之介
カクマル＝近藤公園
博子＝平岩紙
ダイナマン・おばちゃんB＝松尾スズキ

スタッフ
舞台監督‥舛田勝敏
照明‥佐藤啓
音響‥藤田赤目
舞台美術‥松井るみ
音楽‥門司肇
衣裳‥戸田京子
ヘアメイク‥大和田一美
映像‥ムーチョ村松、吉田りえ（トーキョースタイル）
演出部‥望月有希、幸光順平、武藤晃司
演出助手‥大堀光威、佐藤涼子
照明オペレーター‥山田秋代、大竹真由美
音響オペレーター‥水谷雄治
舞台美術助手‥大泉七奈子
ヘアメイク助手‥池上タミ子
衣裳助手‥伊澤潤子、梅田和加子
制作助手‥河端ナツキ、北條智子、赤堀あづさ、草野佳代子
制作‥長坂まき子
企画・製作‥大人計画、㈲モチロン
大阪公演主催‥関西テレビ放送／キョードー大阪

装幀　緒方修一

著者略歴

一九六二年生
九州産業大学芸術学部デザイン科卒業
大人計画主宰

主要著書

『ファンキー！〜宇宙は見える所までしかない〜』
『ヘブンズサイン』
『母を捜がす』
『マシーン日記』
『エロスの果て』
『ふくすけ』『悪霊』
『ニンゲン御破産』
『ドライブインカリフォルニア』
『キレイ［2005］——神様と待ち合わせした女』
『星の遠さ——寿命の長さ——大人計画全仕事』（編）
『大人失格——子どもに生まれてスミマセン』
『第三の役たたず』
『この日本人に学びたい』
『永遠の10分遅刻』
『ぬるい地獄の歩き方』
『読んだらすぐ腐る！』
『演技でいいから友達でいて』
『ギリギリデイズ』
『同姓同名小説』
『撮られた暁の女』
『寝言サイズの断末魔』
『宗教が往く』
『定本これぞ日本の日本人』
『実況生中継——寝言サイズの断末魔2』
『スズキが覗いた芸能界』
『恋の門フィルムブック』
『お婆ちゃん』
『それ偶然だろうけどリーゼントになってるよ!!』
『監督ちゃん——映画「恋の門」制作日記』
『クワイエットルームにようこそ』
『厄年の街——寝言サイズの断末魔3』
『ニヤ夢ウェイ』

上演許可申請先
〒一五六・〇〇四三
東京都世田谷区松原一—四六—九
カワノ松原ビル四〇二　大人計画

まとまったお金の唄

二〇〇六年五月二〇日　第一刷発行
二〇〇六年五月三〇日　第二刷発行

著者　©　松尾スズキ

発行者　川村雅之

印刷所　株式会社理想社

発行所　株式会社白水社

東京都千代田区神田小川町三の二四
営業部〇三（三二九一）七八一一
編集部〇三（三二九一）七八二一
振替〇〇一九〇—五—三三二二八
郵便番号一〇一—〇〇五二
http://www.hakusuisha.co.jp

乱丁・落丁本は、送料小社負担にて
お取り替えいたします。

松岳社（株）青木製本所

ISBN4-560-02693-9

Printed in Japan

Ⓡ〈日本複写権センター委託出版物〉
本書の全部または一部を無断で複写複製（コピー）することは、著作
権法上での例外を除き、禁じられています。本書からの複写を希望さ
れる場合は、日本複写権センター（03-3401-2382）にご連絡ください。

松尾スズキの本

ファンキー！
宇宙は見える所までしかない

この世にはびこる「罪と罰」を笑いのめせ！ 特異な設定・卑俗な若者言葉も巧みに、障害者差別やいじめ問題をも鋭く告発した、第41回岸田國士戯曲賞受賞作品。
定価 1995 円

ヘブンズサイン

なりゆきを断ち切るため、私の手首でウサギが笑う――自分の居場所を探している女の子ユキは、インターネットで予告自殺を宣言！ 電波系のメカニズムを演劇的に脱構築した問題作。
定価 1995 円

母を逃がす

「自給自足自立自発の楽園」をスローガンにした東北の農業コミューンから、はたして、母を逃がすことはできるのか？ 閉鎖的共同体の日常生活をグロテスクな笑いで描いた傑作戯曲。
定価 1890 円

マシーン日記
悪霊

町工場で暮らす男女のグロテスクな日常を描く「マシーン日記」。売れない上方漫才コンビの悲喜劇を描く「悪霊」。性愛を軸に男女の四角関係を描いた二作品を、一挙収録！
定価 1890 円

エロスの果て

終わらない日常を焼き尽くすため！ セックスまみれの小山田君とサイゴ君は、幼なじみの天才少年の狂気を現実化――。ファン垂涎の、近未来SFエロス大作。写真多数。
定価 1890 円

ニンゲン御破産

中村勘九郎の主演を得た「幕末大河ドラマ」！ 風変わりな狂言作者が駆け抜ける……すごい迷惑かけながら。虚実のはざまで自分を見失うニンゲンたちを独特なタッチで描いた話題作。
定価 1890 円

ドライブイン
カリフォルニア

竹林に囲まれた田舎のドライブイン。「カリフォルニア」というダサい名前の店を舞台に、濃ゆ～い人間関係が描かれてゆく。21世紀の不幸を科学する、日本総合悲劇協会の代表傑作。
定価 1890 円

キレイ ［2005］
神様と待ち合わせした女

三つの民族が百年にわたり紛争を続けている「もうひとつの日本」。ケガレという名前の少女が七歳から十年、地下室に監禁されていた――。ミュージカル界を震撼させた戯曲の最新版。
定価 1890 円

定価は5％税込価格です．
重版にあたり価格が変更になることがありますので，ご了承下さい．

（2006年5月現在）